Ese imbécil
va a escribir una novela

Juan José Millás
Ese imbécil
va a escribir una novela

Papel certificado por el Forest Stewardship Council®

Primera edición: mayo de 2025

© 2025, Juan José Millás
c/o Casanovas & Lynch Literary Agency, S. L.
© 2025, Penguin Random House Grupo Editorial, S. A. U.
Travessera de Gràcia, 47-49. 08021 Barcelona

© Diseño: Penguin Random House Grupo Editorial, inspirado en un diseño original de Enric Satué

Penguin Random House Grupo Editorial apoya la protección de la propiedad intelectual. La propiedad intelectual estimula la creatividad, defiende la diversidad en el ámbito de las ideas y el conocimiento, promueve la libre expresión y favorece una cultura viva. Gracias por comprar una edición autorizada de este libro y por respetar las leyes de propiedad intelectual al no reproducir ni distribuir ninguna parte de esta obra por ningún medio sin permiso. Al hacerlo está respaldando a los autores y permitiendo que PRHGE continúe publicando libros para todos los lectores. De conformidad con lo dispuesto en el artículo 67.3 del Real Decreto Ley 24/2021, de 2 de noviembre, PRHGE se reserva expresamente los derechos de reproducción y de uso de esta obra y de todos sus elementos mediante medios de lectura mecánica y otros medios adecuados a tal fin. Diríjase a CEDRO (Centro Español de Derechos Reprográficos, http://www.cedro.org) si necesita reproducir algún fragmento de esta obra.
En caso de necesidad, contacte con: seguridadproductos@penguinrandomhouse.com

Printed in Spain – Impreso en España

ISBN: 978-84-10496-87-3
Depósito legal: B-6223-2025

Compuesto en MT Color & Diseño, S. L.
Impreso en Gómez Aparicio, Casarrubuelos (Madrid)

AL 9 6 8 7 3

A Serafín C. (nombre supuesto)

En el mundo hay dos clases de personas: estás tú y están los otros. Jamás os encontraréis.

A DOS METROS BAJO TIERRA

Uno

A la sucursal del Banco Hispano Americano de mi barrio se podía acceder desde dos calles diferentes, pues hacía esquina. Mi madre la abordaba por la puerta de María Moliner o por la de López de Hoyos sin ningún criterio razonable. Actuaba a impulsos de carácter mágico, por eso también cruzaba los dedos frente a las situaciones de peligro. En ocasiones los cruzaba a la vista de todos, haciendo ostentación de ello, como si se tratara de una broma, pero las más de las veces a escondidas, aunque yo, que vigilaba aquellos dedos con ansiedad infantil, sabía lo que hacían, incluso cuando mamá ocultaba las manos en los bolsillos del abrigo. Los cruzaba, por ejemplo, cada vez que escuchaba la palabra «cáncer», enfermedad de la que murió porque, pensé yo entonces, quizá no los había cruzado bien. Ya en el ataúd, cuando me incliné sobre ella para besarla, y dado que le habían puesto una mano sobre la otra, intenté cruzarle los de la de abajo, pero estaban rígidos.

No pude.

Volviendo a lo del banco, yo, al principio, creía que cada entrada daba lógicamente a un establecimiento distinto, por lo que se me hacía raro que fueran idénticos por dentro y que los ocuparan los mismos empleados. Pero me extrañaba al modo opaco y sin palabras en que a los niños les asombra el mundo, hasta que, no sin sorpresa, me di cuenta de que las dos entidades eran la misma. El Hispano Americano desapareció tiempo después aspirado por el Santander como el que absorbe un zumo con una pajita.

La cuestión es que caí enfermo, de anginas, y al tercer día de quedarme en casa, todavía con fiebre, mi madre entró en el dormitorio y me dijo que me vistiera porque teníamos que ir a un recado. Luego ella empezó a arreglarse también. No le importaba hacerlo en mi presencia y a mí me encantaba verla probarse los vestidos.

Teníamos esa complicidad.

Tras pintarse los labios, me miró como si se mirara en el espejo y me preguntó si estaba bien, le dije que sí y nos fuimos a la calle, yo de su mano o ella de la mía, quizá ella de la mía más que yo de la suya, no lo sé. La fiebre me hacía perder los límites del cuerpo. A ratos me sentía como un gigante con una madre enana.

Tampoco sabría decir lo que tardamos en llegar al Banco Hispano Americano, que era nuestro destino. Calculo ahora que, por la distancia, unos quince minutos objetivos, pero los minutos de esa época de mi vida eran tan subjetivos como las cabezas desolladas de los corderos en los puestos del mercado. Aquella forma de exoftalmia.

Transcurrido ese tiempo subjetivo, ingresamos en el banco por la puerta de María Moliner (aunque nos pillaba más cerca la de López de Hoyos), y nos dirigimos a una mujer que ya al vernos entrar había hecho un gesto significativo (¿de qué?) a sus compañeras. La mujer nos acompañó al despacho del director, que nos recibió en mangas de camisa. Llevaba unos tirantes muy estrechos, a juego con la corbata, y sujetaba un cigarrillo encendido en la mano izquierda, que alejaba mucho del cuerpo, como si tuviera problemas de relación con esa mano o con ese cigarrillo. Cuando se lo llevaba a la boca, lo hacía casi sin articular el codo, con mucha ceremonia. Era un Camel. Lo vi en la cajetilla que había en un extremo de la mesa. A aquella edad (ocho o nueve años) buscaba todo el rato la ocasión de poner a prueba mi pericia lectora, de modo que leí la marca de los cigarrillos: Camel, a la que me haría adicto años después.

El señor nos sonrió con la mano humeante separada del cuerpo. Luego me observó con una mirada valorativa. Entonces mi madre se dirigió a mí. Dijo:

—Este hombre es tu padre.

No dijo «este señor», que habría sido lo suyo, sino «este hombre», donde la palabra «hombre» sugería una familiaridad inesperada. Yo ya tenía padre, claro, el marido de mi madre, y tenía hermanos, así que me extrañó que mi vida tuviera también dos puertas, como las dos puertas del banco, aunque con un padre distinto detrás de cada una. El olor magnífico de aquel cigarrillo rubio quedó asociado toda mi vida a ese momento.

Estuvimos poco tiempo en el banco porque el director se encontraba ocupado. Apenas habló, aunque me alborotó el pelo en una especie de caricia y me dio un caramelo de menta. Una vez fuera, mi madre se volvió para hacerme observar la fachada del establecimiento y me informó de que los mejores negocios del mundo eran los que daban a dos calles (habíamos salido por la de López de Hoyos, quizá para utilizar las dos).

¿Sería mi vida un buen negocio?

No fue preciso que mamá me obligara a guardar el secreto, porque el hecho de ser hijo del director del Banco Hispano Americano resultaba tan extraordinario que no se me ocurrió mencionarlo en ningún sitio. Viví la circunstancia con un desconcierto semejante al que me producían los sucesos sobrenaturales de los relatos infantiles: como un auténtico milagro. Mi futuro estaba resuelto.

Supongo que el tener dos padres, dos familias y dos puertas para entrar en el banco o en la vida fue lo que me obligó a funcionar con dos cabezas, una de ellas invisible, aunque no por ello menos real que la otra.

Todo empezó con una pequeña molestia en el lado izquierdo de la base del cuello, como si me hubiera salido un grano que el espejo no era capaz de detectar. Pronto, ese bulto impalpable adquirió el tamaño de un huevo con forma de cabeza que a los pocos días se convirtió en una verdadera cabeza de cuya existencia solo yo era consciente. Una vez formada, aquella segunda cabeza empezó a hablar con la primera de manera telepática. Se comunicaban las dos sin necesidad de mover los labios. La cabeza sobrevenida tenía acceso a los contenidos de la cabeza antigua y al revés. A veces, a una de ellas le disgustaban o le hacían reír las fantasías de la otra. La invisible pertenecía más al área de mi padre secreto que a la del público, era más imaginativa, digamos, y con frecuencia traía mensajes tranquilizadores de ese mundo. No debía preocuparme por la situación de menesterosidad permanente de mi familia visible. Todo se iba a arreglar de alguna forma. Crecí, pues, en un entorno áspero en el que todo se iba a arreglar. Me ha quedado ese tic, el de que todo se va a arreglar. Aun a mis años sigo pensando que todo se va a arreglar. De ahí que permanezca atento al teléfono. No dejo que suene ni tres veces por si se trata de la llamada del arreglador.

El problema era que la cabeza invisible, al nacer del mismo cuello que la visible, ocupaba un espacio que me obligaba a ir con la manifiesta algo inclinada hacia la derecha para dejarle sitio. En casa me preguntaban por qué iba así y yo no me atrevía a decir la verdad porque sabía que para los mayores sería una verdad incómoda. Ahora resulta fácil asegurar que se trataba de una cabeza imaginaria. Bueno, no lo niego, quizá sí. Pero me gustaría añadir que durante aquellos días vi al menos a otras dos personas con la cabeza duplicada. La primera fue una mujer joven, en la cola de la carnicería del mercado al que había acompañado a mi madre a hacer la compra. Era muy guapa de las dos cabezas, aunque la invisible suya solo podía verla con la invisible mía, claro. En un momento, aquella cabeza incorpórea se volvió hacia la mía y sonrió. La segunda vez fue en la calle: al regresar del colegio me crucé con un hombre que había sacado a pasear a un perro y que caminaba perezosamente por la acera. Tras rebasarnos, tanto su cabeza invisible como la mía se volvieron para hacerse un gesto de reconocimiento, como si pertenecieran a la misma secta. El perro tenía solo una cabeza. Esto se puede creer o no, pero fue tal como lo digo.

Cuando a mis padres empezó a preocuparles que yo anduviera todo el rato con el cuello torcido, pese a que me insistían en que lo pusiera bien, decidieron consultar al médico, lo que me llenó de alarma. Temía que descubrieran la existencia de mi segunda cabeza a través de algún aparato como los rayos X y que decidieran extirpármela por medios quirúrgicos. El médico no descubrió nada raro, pero el miedo a que acabaran dando con ella a base de examinarme me obligó a aproximar la cabeza invisible a la visible, como cuando hacemos coincidir un dibujo calcado en un papel semitransparente con el original. La invisible, en fin, se camufló dentro de la visible y yo dejé de ir con el cuello torcido a todas partes. Ahora bien, si he de decirlo todo, la cabeza invisible, aún hoy, se desplaza a veces un poco de la visible, de modo que me ha quedado ese tic de inclinar ligeramente la cabeza visible para hacerle sitio. Mi mujer y mis hijos me dicen que por qué, en las entrevistas de televisión, adopto esa postura tan rara, como si me molestara algo en el cuello. Y es para dejarla salir, porque las respuestas más brillantes se le ocurren a ella. Mis mejores libros están escritos, quizá, a su dictado.

Años más tarde, en la Facultad de Filosofía, cuando traduciendo la *Eneida* apareció Cerbero, el guardián del infierno, aquel perro de tres cabezas que produjo cierto asombro entre mis compañeros, me dieron ganas de levantar la mano y decir en voz alta que yo tenía dos. El título de mi primera novela, *Cerbero son las sombras*, viene de ahí, del can del poema de Virgilio acerca del famoso héroe de la guerra de Troya, pero también de la experiencia propia de haber soportado más de una caja craneal sobre los hombros.

Y antes de eso, cuando mis profesores, en el seminario, se referían al papa como a la cabeza visible de la Iglesia (lo que significaba a la fuerza que había otra invisible), me sorprendió que yo hubiera tenido a tan corta edad una intuición de esa naturaleza. Claro que no le saqué ningún partido a mi clarividencia. No he fundado con ella ningún movimiento religioso, ni siquiera he inventado la guillotina.

Pero ahí sigo, con mi segunda cabeza secreta a cuestas, a temporadas confundida con la real, digamos, y a temporadas exenta, viviendo sus propios pensamientos. Me pregunto si en el asunto este de las dos cabezas podría haber un reportaje para el periódico, pero me imagino la cara de la redactora jefa al escuchar la propuesta y me respondo que no.

Por lo demás, apenas vi a mi segundo padre cuatro o cinco veces, cuando acompañaba a mamá a realizar gestiones en el banco, lo que no era infrecuente, pues casi siempre estábamos en números rojos y había que firmar letras o papeles o solicitar aplazamientos; no sé, vivíamos en el alambre. Comprendí enseguida que la expresión «números rojos» contenía una amenaza terrible que ella resolvía con sus visitas a la entidad bancaria. Mi madre lo resolvía todo: también los desastres que ella misma provocaba con sus cambios de humor. El director salía con frecuencia a verme y me revolvía el pelo indulgentemente con la mano derecha mientras mantenía alejado de sí el Camel oloroso con la izquierda. En una de aquellas ocasiones, se volvió a mi madre y le dijo:

—Este chico tiene cara de escritor.

Me pregunto a menudo si fue una profecía o una orden.

Pasado el tiempo, ya en plena adolescencia, cada vez que me venía a la memoria la escena de «este hombre es tu padre», la recordaba como un sueño. No conocía aún el concepto de «sueño lúcido», aquel sobre el que el soñante ejerce algún control y que se parece a la realidad al punto de confundirse con ella, si bien los tenía con cierta frecuencia. De ahí, supongo, mi estado de confusión mental de aquella época (y de todas las épocas, para ser sincero), pues tengo asimismo recuerdos de la realidad que, observados a distancia, me parecen soñados. La realidad, con el paso del tiempo, no ha perdido sus tonalidades oníricas; los sueños, en cambio, han ido malogrando aquella cualidad de real, aunque no todos. Hace poco, por ejemplo, estaba tumbado sobre la camilla de la clínica de acupuntura, a la que acudo una vez por semana para quitarme las neuralgias, cuando me adormilé. Entonces imaginé que levitaba y levité realmente, no mucho, pongamos que un palmo, quizá dos. Al escuchar los pasos de la acupuntora en dirección a la cabina, descendí despacio, con naturalidad, como si no acabara de ocurrirme un portento.

Empecé a dudar, en fin, de la escena de «este hombre es tu padre». Tiempo después, al relatársela a mi psicoanalista, estuvo de acuerdo en que se trató de un sueño lúcido, lo que no impidió que siguiera pensando en el director como en mi padre alternativo y en su posible familia como en mi familia alternativa. De hecho, durante años sentí que aquel «hombre» velaba por mí de forma misteriosa. Además, creo que me hice escritor debido a la apreciación que le escuché sobre mi cara. En cuanto a mi padre verdadero, en el caso de que existan padres verdaderos, le rendí un homenaje culpable en mi novela *El mundo*.

Entre el frío del Madrid de aquellos años y los sueños lúcidos, la infancia fue dando paso a la adolescencia y la adolescencia, a la primera juventud. Me pregunto cómo sobreviví a aquel tipo aturdido de entonces, cómo escapé de él para convertirme en este otro individuo confuso que al menos ha logrado tener el frigorífico razonablemente lleno. Esto es lo que pensaba ayer mismo mientras daba cuenta del plátano de media tarde (cuatrocientos miligramos de potasio), esto, y que los chimpancés del zoo pelan los plátanos mejor que yo.

Pero mientras me lo comía, tras haberle arrancado la cáscara de cualquier modo (estaba un poco verde y se adhería a la pulpa), pensaba, además de en el mérito de haber sobrevivido, en dónde hallar el material para un reportaje, pues me acababan de encargar uno en el periódico.

—¿Sobre qué? —pregunté con los dedos cruzados.

—Sobre lo que tú quieras —añadió la redactora jefa.

No protesté porque el periodismo está lleno de colaboradores que protestan y sé lo que se piensa de ellos en las redacciones, pero esto es lo peor que te pueden decir: que escribas sobre lo que quieras. A veces es un modo de librarse de ti sin mancharse las manos, porque no es fácil averiguar sobre qué te apetece escribir. Por otra parte, si tú eliges el tema, o el asunto (nunca he sabido si son la misma cosa), estás obligado a entregar un trabajo perfecto desde cualquier punto de vista que se mire. Para mí resultó un drama haber alcanzado ese «privilegio» según el cual podía escribir sobre lo que me diera la gana.

¿Sobre qué me daba la gana escribir?

«¿Sobre esto querías escribir?», te preguntará con la mirada la redactora jefa tras haberle echado un vistazo al texto. Quizá añada para sus adentros la palabra «imbécil»: «¿Sobre esto querías escribir, imbécil?».

Justo cuando arrojaba la cáscara del plátano al cubo de los restos orgánicos, me vino a la memoria la historia del director del Banco Hispano Americano, mi padre alternativo, y pensé que tal vez era buena para aquel reportaje que, dada mi edad, sería, si no el último, uno de los últimos que escribiría. Luego decidí que sería el último. Me retiraría del periodismo después de entregarlo. Tendría que ser, por lo tanto, especial, muy especial.

Lleno de un optimismo absurdo, telefoneé en ese mismo instante a la redactora jefa, y le conté la historia del director del Banco Hispano Americano.

—Pero ¿era tu padre o no era tu padre? —preguntó, porque la cogí un poco distraída.

—Creo que no, que fue un sueño lúcido. ¿Sabes lo que es un sueño lúcido?

La redactora jefa calló unos instantes. Luego, con un suspiro que indicaba la paciencia con la que me atendía, protestó:

—Pero eso sería un cuento, un texto de ficción, no un reportaje periodístico.

—Sería un texto sobre la paternidad —me defendí yo.

Estuvimos hablando unos minutos más durante los cuales la idea fue decayendo, fue perdiendo carnalidad, digamos, y cuando colgué me arrepentí de haberle contado un suceso tan íntimo que tuvo su continuación en una amistad que hice en las fronteras de la primera juventud. Me refiero a un compañero de verdad, por el que habría dado la vida, la vida entera, toda. Lo perdí, quizá él me perdió a mí, nos perdimos, en fin. Creo que aún vivimos los dos (yo, desde luego, sí, eso espero, estar vivo). ¿Quién fallecerá antes?, me pregunto a veces. Si él, no acudiré a su capilla ardiente para dar el pésame a la viuda e hijos. Si yo, tampoco él vendrá a la mía para abrazar a mi familia.

Nos conocimos en uno de los bares de la zona de Moncloa, donde íbamos al caer la tarde los alumnos de las distintas facultades de la Complutense. Yo estaba matriculado en Filosofía y Letras y él, en Arquitectura. No sé quién nos presentó, ni siquiera recuerdo si fue preciso que nos presentaran, pues alternábamos en aquellos sitios como si nos conociéramos de toda la vida. Yo le acababa de ofrecer un cigarrillo, un Camel, que rechazó con una sonrisa:

—¡Lo detesto! —exclamó—. Es la marca de mi padre.

No le dije que también era la del mío, la de mi padre alternativo, porque continuaba manteniendo el secreto. El caso es que de ahí pasamos a hablar de todo lo divino y lo humano, como suele decirse, y nos caímos bien, muy bien. Al despedirnos, me preguntó dónde vivía y se lo dije:

—En la Prosperidad, cerca de López de Hoyos.

Alberto, tal era su nombre, puso cara de sorpresa para añadir:

—Mi padre fue director durante muchos años de la sucursal del Hispano Americano de María Moliner con López de Hoyos.

Tuve una lipotimia, la primera de mi existencia, un síncope vasovagal, por decirlo en términos técnicos, un desmayo súbito, una pérdida del conocimiento provocada por una disminución abrupta de flujo sanguíneo al cerebro. Supe luego que me sacaron a la calle y que un estudiante de Medicina me puso los pies en alto para restaurar ese flujo. Cuando recuperé el conocimiento, a los pocos minutos, lo primero que vi fue el rostro de Alberto, el hijo del director de la sucursal del Banco Hispano Americano de mi barrio, es decir, a mi hermano, que tenía la misma edad que yo, como si hubiéramos sido gemelos. Llovía un poco, sin ganas, y se habían encendido ya las luces de la calle.

—¿Qué te ha pasado? —dijo Alberto.

—No tengo ni idea —me disculpé.

—Le ha dado una pálida —aseguró el estudiante de Medicina.

Decidí no confesar a Alberto nuestro parentesco, pero cultivé con denuedo su amistad.

Por aquella época, conseguí un trabajo de ocho a tres en la Caja Postal de Ahorros, que ya no existe (alguna otra entidad bancaria debió de absorberla también con una pajita), y empecé a dar clases particulares de Latín y Griego, lo que me permitió alquilar cerca de San Blas, que era una zona muy barata, un piso en el que Alberto, mi hermano, aparecía con frecuencia.

Jugábamos al ajedrez y a la oca, veíamos la televisión en blanco y negro y hablábamos de la vida como si supiéramos lo que era la vida. Hablábamos de ella para averiguarlo porque no sabíamos nada, pobres, tampoco ahora, sin que el saber que no sabemos sirva de coartada para este aturdimiento. Me doy cuenta de que hablo por él al suponer que él tampoco sabe. Si le preguntaras por mí, tal vez haría un gesto de compasión que podría tratarse de un gesto de piedad hacia sí mismo.

Fumábamos mucho. Yo vaciaba los ceniceros y regresaba tambaleante de la cocina a causa de la ingesta de alcohol u otras sustancias. A veces regresaba del baño, porque me gustaba ver cómo las boquillas de los Camel (y las de los Ducados, que era lo que fumaba Alberto) se resistían a ser tragadas por el sumidero del retrete. Tiraba dos, tres veces de la cadena y ellas aguantaban y aguantaban. Me preguntaba si de ese modo aguantaría yo la cascada de los años. Escribo esto a los setenta y ocho. Significa que he resistido varias cascadas de agua fría.

Dios tira de la cadena cada día. Cada día se van por el desagüe miles o cientos de miles de personas de todas las edades. Ayer vi por la tele un reportaje sobre niños con cáncer, calvos por la quimioterapia. Parecían larvas de sí mismos, de lo que habían sido antes de la enfermedad. Estaban en pijama en una estancia del hospital y jugaban al ajedrez o a la oca mientras Dios tiraba de la cadena. Alguien dijo a mi lado que caían los pobres niños como moscas. ¿A quién se le ocurrió esta analogía, la de las moscas? Lo cierto es que las moscas tienen muchas posibilidades de perecer cuando sus patas se hunden en la fruta madura como en las aguas cenagosas de los trópicos. También porque viven de ellas numerosos depredadores y millones de ácaros. Parece mentira que las moscas, pequeñas de por sí, tengan ácaros, pero los he visto al microscopio y son mal encarados estos ácaros.

De las moscas, en cambio, no se dice que mueren como niños con cáncer.

¿Cómo será morir? ¿De súbito? ¿Tras una enfermedad cruelmente diagnosticada? ¿Qué será, será? ¿Consistirá en estar y en dejar de estar así, de golpe, como cuando se te retira la sangre del cerebro o como cuando te anestesian para una intervención quirúrgica? ¿Qué tipo de muerto seré yo? ¿Qué tipo de muerto será él, Alberto, mi hermano del alma, el de entonces? Hay una edad en la que te miras al espejo y ves al viejo que serás. Hay otra edad en la que te miras al espejo y ves al muerto que serás. Desde esa edad se escriben estas páginas (¿este reportaje?).

Comprábamos en la tienda de abajo frutos secos y botellas de vino para pasar la tarde en el piso por el que pagaba de alquiler el treinta por ciento de mi sueldo de oficinista y de profesor particular de Griego y de Latín. Jugábamos al ajedrez y a la oca. Éramos ingeniosos, o creíamos serlo. Eso fue todo.

Dos

Necesitaba el sueldo de la Caja Postal de Ahorros tanto como el de las clases particulares. Temía, pues, perder alguno de estos trabajos, de ahí que me esforzara en parecer un administrativo de tercera normal y un profesor particular normal. Madrugaba mucho para escribir un folio (o medio, o unas líneas) antes de ir a la oficina a fin de no decepcionar el pronóstico (o la orden) de mi progenitor imaginario. Si lograba escribir un párrafo, un solo párrafo, el mundo no se acabaría, no ese martes, al menos, no ese miércoles. Unas líneas, solo unas líneas, rogaba a Dios cuando me sentaba a la mesa. El futuro, pensaba, estaba hecho de líneas, y lo cierto es que de ese modo lo construí, con líneas. Ahora escribo para el periódico artículos en los que las líneas no cuentan, cuentan los caracteres. 1.845 caracteres, incluidos los espacios. A veces envío textos de 1.840 o de 1.850, pero no me reclaman los que faltan ni me pagan de más por los que sobran. Ensanchan o comprimen el texto, según falten o sobren, para que no se note.

Soy un trabajador manual de las líneas, un proletario de los caracteres.

Esta mañana había unos obreros en mi calle. Introducían un cable de fibra óptica en las entrañas de la acera. De uno de ellos solo se apreciaba medio cuerpo porque estaba metido en el registro. Parecía que lo habían partido por la mitad. El medio hombre encendió un cigarrillo mientras sus compañeros discutían sobre el modo de emprender la acometida. Entre calada y calada, observaba filosóficamente a los discutidores con la mirada de un jefe comprensivo.

Yo fumaba Camel durante las convalecencias. Caía enfermo con frecuencia cuando joven y al volver en mí lo celebraba con un Camel. El Camel era muy adictivo y estaba perfumado. Era un lujo de la hostia encender un Camel. Teníamos lujos. Era un lujo decir *puedo escribir los versos más tristes esta noche*. Era un lujo decir *abril es el mes más cruel*. Era un lujo recitar a Rilke. Aún no había llegado el lujo de recitar a las poetas latinoamericanas. Luego, sí: *Qué fue la vida, qué, qué podrida manzana, qué sobra, qué desecho*.

Estábamos llenos de lujos y a veces, para celebrarlo, Alberto y yo, solos o en compañía de otros, cenábamos en chinos muy baratos donde especulábamos ingenuamente sobre el pacifismo de los palillos frente a la agresividad de la cubertería occidental.

Se podía fumar en los despachos, en la consulta del médico, en el autobús, en el metro, en todas partes. Nos reíamos del cáncer (en mi caso con los dedos cruzados) y de los enfisemas pulmonares y teníamos los dedos índice y corazón amarillos, tintados por la nicotina. A veces, con un gesto característico, escupíamos las hebras del tabaco mezclado con el hachís.

Yo solía llegar a la oficina sobre las siete y media de la mañana, aunque la jornada no comenzaba hasta las ocho. Me sentaba a la mesa con un café de máquina, encendía un Camel y bebía y fumaba pensativo. En los meses de noviembre y diciembre hacíamos horas extras por exigencias del cierre de ejercicio. Las pagaban muy bien. Daba gusto ver las nóminas de aquellos meses, con las que saldaba las deudas de los anteriores.

Mientras me ganaba la vida, escribía poemas mentalmente. Los fijaba en mi memoria como en una tablilla sumeria. Eran breves, de unos diez o doce versos, no del todo malos. Me salían del tuétano. Recuerdo ahora cómo empezaba uno de ellos:

Pon algo de los Beatles, que me voy a morir.

En estas, terminé una novela que Alberto leyó con un poco de piedad. Los amigos de los novelistas suelen ser listos, más listos que los novelistas, sobre todo si han estudiado Arquitectura. Leen ensayo y son dueños de un criterio envidiable.

No le gustó. Dijo:

—Demasiado argumento.

—¿Cómo que demasiado argumento?

Mi pregunta era absurda. Nos hallábamos en plena eclosión de lo que se dio en llamar el experimentalismo, cuya primera víctima fue el argumento. Yo lo sabía y había intentado con mil argucias que el argumento de aquella mi primera novela pasara inadvertido ante la *intelligentsia* de los mandarines literarios, y especialmente ante

Alberto, que había devenido uno de sus jefes. Pero el argumento salía por todas partes, como a presión, igual que el vapor de una olla exprés mal cerrada.

Alberto no me respondió o me respondió levantando una ceja con gesto de superioridad, como preguntándome si necesitaba que me lo explicara.

—Demasiado argumento —repitió al fin alejando de sí el libro como el que prueba un guiso y dice «demasiada sal» al tiempo de retirar el plato de su vista.

Los amigos que leen ensayos saben dónde herir a los novelistas bobos, valga la redundancia.

De modo que era preciso rebajar la trama. Quitarla a ser posible, pero la novela ya estaba publicada y yo, condenado a las tinieblas. Me cuesta escribir esto. No lo haría de no ser porque he comenzado un régimen de comidas que me mantiene lúcido, lúcido como el apio. Antes, la comida me abotargaba. Creo que comía precisamente para acorcharme, para no sentir. Pasaba dormitando las tardes que ahora paso despierto, despejado, atento a los movimientos del alma y de la muerte. ¿Qué hacer estando tan despierto? Podría regresar al régimen de comidas anterior y morir de un infarto, de un aneurisma, de un coágulo. Pero le estoy cogiendo el punto a lo de permanecer despierto, a la vigilia.

Así como la policía acordona la zona del crimen, yo he acordonado, gracias al apio, la zona de mis ideas muertas. La zona de las ideas que creía tener cuando eran ellas las que me tenían a mí. Yo era tenido por aquello a lo que solemos referirnos pomposamente como «mis ideas». Continúo preso de «mis ideas» actuales. Pero gracias al acordonamiento y a la toma de muestras de ADN, empiezo a dudar de que sean mías. Siempre fui pensado por unos o por otros. Tal es el destino de los pobres idiotas de este mundo. Lo curioso de las palabras, lo curioso del lenguaje es que nació como herramienta y se ha desarrollado como amo. Hacemos todo cuanto él nos ordena. Odiamos a quien el lenguaje dice que debemos odiar y revisamos las calorías de los alimentos tal y como él nos aconseja. Debe de haber en algún lugar una factoría de ideas —las disponibles en el mercado de la comunicación— que salen al aire cada día y que saltan de cabeza en cabeza como los piojos en los recreos escolares. Gracias a estas ideas, sabemos, sin lugar a duda, que el rey va vestido, aunque vaya desnudo, o que la limitación en el precio de los alquileres de la vivienda perjudicaría a los más pobres porque los grandes tenedores, asustados por esa intromisión de los poderes públicos en la gestión de la propiedad privada, retirarían sus inmuebles del mercado dando lugar a una carestía indeseable. ¡Qué bárbaro, qué bien montado!

El tráfico aéreo de ideas resulta de tal intensidad que a veces se cuelan en la misma cabeza dos ideas incompatibles, provocando la aparición de lo que llamamos «disonancias cognitivas».

Ah, se trata de eso, nos decimos, se trata de una disonancia cognitiva, y en el instante mismo del diagnóstico se produce la cura.

La factoría de ideas ¿dónde está? La factoría no está en ningún sitio, como la lengua no está en ninguna parte y está en todas. Es, una vez más, el resultado de la actividad compleja de los seres humanos (hasta hace poco, decíamos solo «hombres»: la actividad compleja de los hombres).

Acordonar la zona del crimen. He ahí una práctica policial perfectamente aplicable a la lingüística.

Pero estábamos en los años aquellos en los que cada día, de madrugada, escribía una o dos líneas, cinco a veces, diez o quince de forma excepcional. Los años en los que ocurrían cosas. Un día, por ejemplo, se nos murió una amiga, de nombre Marisa. Era verano. Había estado en Matalascañas y su coche (un Seat 850), al volver, se estrelló contra un Volkswagen también de baja cilindrada. Murieron ella y el conductor del Volkswagen. Podríamos decir que ella murió por la Seat y él por la Volkswagen, aunque ninguna de las dos firmas acudió a los funerales ni mandó flores al tanatorio. Si mueres por la patria, colocan sobre tu ataúd una bandera y quizá una medalla y tal vez tus herederos disfruten de una pensión. En las sociedades de mercado debería tener el mismo mérito dar la vida por un Audi que por España. Pasados los años, Volkswagen adquirió Seat, que viene a ser como si el cadáver del ocupante del Volkswagen hubiera absorbido el de Marisa.

Marisa era muy atractiva, sobra decirlo. Aún hay días en los que la veo bailar, junto a la piscina que tenían sus padres, con una falda muy ancha y muy ligera, de flores, que apenas se quitaba porque era, decía ella, como «no llevar nada».

Tres

Yo, como se ha dicho, me matriculé en Filosofía y Letras, donde nos pasábamos el día cantando el *Gaudeamus igitur* delante de los guardias, como para hacerles ver que sabíamos latín y que ellos no.

Gaudeamus igitur iuvenes dum sumus.

Entonces hice amistad con otro joven que apareció de pronto en el contexto de las huelgas estudiantiles, cuando, en vez de ir a clase, la gente de las diferentes facultades nos reuníamos en la explanada situada entre Filosofía y Derecho para manifestar nuestro descontento a una distancia prudencial de las lecheras de los grises. Se llamaba Serafín, lo que no dejaba de sorprenderme porque era grandote y en apariencia desmañado, cuando los serafines, en la tradición judeocristiana, son, junto con los querubines y los tronos, los ángeles más cercanos a Dios. Según la Biblia (Isaías 6, 1-7), disponen de seis alas: dos para cubrir su rostro, dos para cubrir sus pies y dos para volar. Su naturaleza es ardiente y pura, nada que ver, pues, con la de Serafín, que ni disponía de alas ni tenía la agilidad que se les supone a estos espíritus celestes.

Lo normal era que huyera de la gente que me manifestaba su aprecio porque, razonaba para mis adentros, si les gustaba un tipo como yo, tampoco esas personas debían de valer mucho la pena. Pero este Serafín tenía algo especialmente acogedor, algo que resultaba cómodo. Me seducía, así que me dejaba querer mientras él me contaba historias de la Revolución cubana, pues había estado allí, en Cuba, o venía de allí, no sé, su relato era un poco confuso y su éxito verbal provenía en parte de esa confusión. El caso es que me hablaba de Marx y de los fundamentos del cóctel molotov sin orden alguno, pero siempre en un registro narrativo enormemente persuasivo. Había entonces una mística del cóctel molotov de la que Serafín parecía un enviado, un profeta, e intentaba hacerme partícipe de ella a toda costa. Daba, al mismo tiempo, la impresión de querer apartarme del resto de los compañeros, como si pretendiera que él y yo, solos, formáramos un partido político o una secta. Estaba en Medicina (eso decía) por imperativo familiar, aunque lo que le gustaba era la filosofía.

Yo nunca he sido de cócteles molotov ni de cócteles en general, pero él insistía en que estos explosivos, de elaboración sencillísima, eran muy efectivos para lanzarlos en las manifestaciones a los pies de los caballos de los guardias. Su poder de convicción era tal que su amistad me comenzó a agobiar, ya que, con tal de no decepcionarle, tampoco habría sido raro que hubiera acabado dedicándome a su fabricación. Por suerte, y tal como apareció, Serafín desapareció de mi vida, sin que me hubiera dado la oportunidad siquiera de presentárselo a Alberto o a otros amigos de las revueltas. Se esfumó, ya digo, de tal modo que con el tiempo, cuando venía a mi memoria, me preguntaba si no habría sido una alucinación, una variante de ese amigo invisible de los niños que a mí, como tantas otras cosas, se me había presentado con retraso.

El miércoles pasado, cuando yo salía de una farmacia de la Gran Vía, muy cerca de la radio, alguien me llamó.

—¿No te acuerdas de mí? —dijo, acercándose, un tipo grande, algo gordo o hinchado, no sé, mayor que yo, muy risueño, de traje azul ajado y corbata marchita.

No me acordaba de él.

—¡Serafín, hombre! —exclamó—. El revolucionario cubano experto en explosivos de fabricación casera.

Me quedé sin aliento. Precisamente había pensado hacía poco en él al ver, en una película que pasaban por la tele, a un actor que se le parecía.

—Entonces no fuiste una alucinación —dije tras reponerme del sobresalto.

Continuamos hablando amigablemente unos minutos de las banalidades propias de un encuentro de tal naturaleza y al fin me confesó entre risas que en aquella época era un infiltrado de la poli.

Un infiltrado.

—Te investigué —añadió— y me pareciste un gilipollas, por eso no te detuvieron, porque yo les informé de que eras un pobre gilipollas.

Un tonto útil. A veces reservábamos a los tontos útiles para el futuro.

Lo dijo de tal forma que no resultaba ofensivo.

—Me debes una —apuntó sin dejar de reírse.

De modo que fui objeto del interés de un infiltrado. Cuando le pregunté por qué, pues me parecía imposible que la policía hubiera gastado tantas energías en un pobre tonto como yo, me explicó que en las manifestaciones daba la impresión de ser más importante de lo que en realidad era. Vaya, pensé para mis adentros con una picadura de vanidad, jamás lo habría imaginado.

—Pero no servías ni para fabricar un molotov —concluyó.

Nos fuimos a tomar una copa (la que le debía, según él) y me contó más o menos su vida. Había estado en varias embajadas, de agregado de seguridad, es decir, de espía.

—Siempre en el servicio exterior —insistió—, porque sabía idiomas.

—¿Y cómo es que no me ocultaste entonces tu verdadero nombre, Serafín?

—Pues porque es un nombre tan inverosímil para un tipo como yo que parece verdadero. Llamándome Serafín no necesitaba un alias.

—De acuerdo —asentí con admiración.

—Para darte cuenta de eso, tienes que ser un infiltrado nato —agregó con expresión de suficiencia.

Nos bebíamos la cerveza reflexivamente, sonriéndonos a ratos con la expresión esa de qué tiempos.

¡Qué tiempos!

Quien no ha dicho qué tiempos en alguna ocasión es porque no ha vivido para observarlos de lejos. Pero en esto volvió a tomar la palabra:

—¿Sigues viendo a tu amigo, tu amiguísimo, Alberto? —preguntó.

—¿Alberto?

—Alberto, el de Arquitectura. Erais amigos del alma, como hermanos.

Me producía asombro. Lo sabía todo.

—Ya no. Rompimos, cosas personales.

—Pues que sepas que Alberto era un informante.

El término «informante» me sonó a literatura soviética.

—¿Cómo un informante? —pregunté.

—Pues eso, hombre, un informante de la poli.

Tardé unos segundos en reponerme. Alberto perteneció al Partido Comunista, había sido de los primeros de mi generación en afiliarse. Este hombre estaba poniendo todo mi pasado patas arriba.

—¿Un informante? —repetí—. Pero si estuvo detenido.

—Nos lo pidió de rodillas, o casi. Sabía que, después de la muerte de Franco, haber pasado por la cárcel sería una insignia. Cuidaba su currículum.

—¿Os habló de mí?

—A mí no. Yo no le interrogué. Yo no interrogaba. Pero seguramente dijo lo mismo que yo: que te dejáramos en paz, que eras un pobre diablo y que si te deteníamos perderías el trabajo.

—Vaya.

—Teníamos informantes entre los líderes estudiantiles, de qué te extrañas.

—No sé, pero me dejas de piedra —confesé.

—¡Bah, ya pasó todo! ¿No te interesa saber dónde ando infiltrado ahora?

—Me interesa —dije enseguida pensando en el reportaje sobre lo que me diera la gana que me habían encargado en el periódico.

—Pues resulta que me morí el año pasado y ando infiltrado entre los vivos. Porque tú estás vivo, ¿verdad?

Empezaba a pensar que había tropezado con un loco cuando soltó una carcajada.

—Es broma —aclaró—, aunque una broma relativa, porque hace un par de años sufrí un ictus y me quedé vegetal total. Y ahora ando de médicos otra vez, jodido.

Repitió «vegetal total», como si le gustara la rima, antes de continuar:

—La semana que viene empiezo con una tanda de quimioterapia, pero se me ve fuerte, ¿o no?

—Sí, muy fuerte —asentí.

Mientras hablaba con Serafín, el infiltrado, sufrí una especie de disociación, de despersonalización, no sé, se manifestó un poco la cabeza invisible de la infancia y tuve que sacudir la visible para que volviera a su sitio.

El infiltrado se me estaba ofreciendo para que hiciera algo sobre él, sobre su vida.

—Para el periódico o para la radio —dijo—. Me gusta lo que haces en la radio.

Me atraía la idea, pero procuré no demostrarlo, no comprometerme, a veces te entusiasmas con algo y a las dos horas comprendes que no, que era una tontería.

—Un reportaje sobre la infiltración —continuó él—, que desembocaría en el asunto del héroe y el traidor. He leído sobre el tema, porque yo leo, jejé, no vayas a creerte, y resulta, tú lo sabrás, que en todo héroe hay algo de traidor como en todo traidor hay algo de héroe. Piensa en Juan Carlos, por ejemplo, el rey emérito. Mató a su hermano, traicionó a su padre y traicionó a Franco, pero trajo la democracia. Después de traer la democracia, traicionó a su mujer con Corinna y otras y a los españoles con el asunto de los impuestos, pero dimitió como un héroe. La historia le tendrá que reconocer por las dos cosas, por traidor y por héroe. Ahora bien, ¿podría haber llegado a héroe sin traicionar? ¿Habrían tenido sentido sus traiciones de no haberlas puesto al servicio del heroísmo?

—No sé —dudé, acariciando la idea del reportaje.

—Pues un infiltrado nato —añadió él— ha de poseer las dos características: la del héroe y la del traidor. Traiciona a aquellos entre los que se ha infiltrado para erigirse en héroe entre quienes le ordenaron infiltrarse.

Joder con el infiltrado nato, pensé. Apunté su teléfono, por si acaso, y cuando ya nos despedíamos me aseguró que había leído toda mi obra. Toda. Y que de vez en cuando le decía a su mujer: «No te pierdas al gilipollas este de Millás, mira dónde ha llegado».

¿Adónde?

A esta extrañeza, a esta dificultad para encontrar un buen tema para un reportaje. A mí me pasaba algo, me pasa algo todavía. Le pasa algo a mi yo. Le pasa que no es mío. El mío se halla detrás del yo postizo, del yo social, del que he ido construyendo para sobrevivir, para sobrevivirme. Mi yo postizo devino prótesis permanente y no funciona mal, pero como una prótesis, insisto. Quiero decir que produce llagas como las que producen las piernas artificiales en el muslo hasta que el muñón hace callo. Mi muñón no hace callo. Voy saliendo adelante con mi yo artificial como un manco sale adelante con su brazo de titanio. Hay roces entre el mundo y yo. No acabamos de encajar el mundo y yo, no coincidimos. Pero le doy la razón al mundo y procuro que mi prótesis funcione. Yo intento adaptarme. Yo me ejercito en el manejo de la prótesis para hacerla pasar por un miembro natural ante mí y ante el mundo.

Pero lo cierto es que no os pertenezco, lo digo con vergüenza y pena. No logré ser uno de vosotros. Querría haber sido toda mi vida un oficinista. Haber llegado a jefe de departamento. Haberme jubilado con diez trienios. La prótesis ha ido envejeciendo, se cae a pedazos y por detrás de ella asoma de nuevo mi pobre yo real. Mi yo discapacitado (o con discapacidad), minusválido (o con minusvalía), enfrentándose de nuevo al mundo y a la muerte. No hay tiempo para construirse otra prótesis, pero quizá quede tinta suficiente en el bolígrafo para intentar entender. Intentar entenderme. Para intentar escribir un reportaje grande, grande.

Grande, un reportaje grande.

In illo tempore, poco antes de mi ingreso en el seminario, que se produjo cuando tenía quince años, iba los domingos por la tarde a un cine de sesión continua de mi barrio, el Morasol. Acababa de estrenar mis primeros pantalones largos, que habían sido de mi hermano mayor y que tenían también algo de prótesis. Entre película y película, pues ponían dos, había un descanso durante el que salía a fumar. Fumaba como los personajes de las películas y a veces también como mi padre alternativo, el director del Banco Hispano Americano, con la mirada perdida en el vacío, como las personas que tienen un pasado. Fingía un pasado en la esperanza de llamar la atención de alguien, incluso de mí mismo. Iba solo al cine porque esperaba un contacto. Llevo toda la vida esperándolo. El contacto de la organización ultrasecreta a la que sin duda pertenezco. Espero órdenes de ese contacto.

Debe de haber más gente como yo, pensaba. Debe de haber una organización muy compartimentada, de modo que si cae una célula, no arrastre a las otras. Quizá, cavilaba, mi enlace había sido descubierto y se había roto la cadena. Quizá estaba condenado a ser un eslabón suelto.

Imaginé que mi contacto era Dios y permanecí atento a las voces de mi cabeza por si Dios se comunicaba conmigo a través de ellas. Al poco de cumplir quince años, como digo, ingresé en un seminario y esperé que me hablara, que me diera un mensaje para la humanidad.

¿Me habló Dios?

Es posible que sí y que no le entendiera. Dios podía ser una mosca, pero quién entiende a las moscas. Podía ser una avispa, pero cómo interpretar su picadura. Podía ser una nuez, pero qué significa el sonido que producen al abrirlas. Observaba asombrado las maravillas y las abominaciones del mundo intentando distinguir el mensaje de Dios de entre todos los sonidos de la tierra. El canto de los pájaros, el croar de las ranas, el susurro de las hojas, el gemido de las flores. Aplicaba mi oído al agujero de los hormigueros por si de sus profundidades pudiera surgir la voz de Dios. Mis oídos se transformaron en hormigueros. Las hormigas iban y venían nerviosamente por mi cara. El mundo no era armonioso. Era un caos. Pero en el seminario aprendí latín. Aprendí griego y preceptiva literaria. Leí *Crimen y castigo* y fragmentos seleccionados de la *Divina comedia*, y *Robinson Crusoe* y *Marianela*. Leí más, pero no se trata de hacer ahora una especie de lista de la compra.

Me acomodé.

Algunas noches me despertaba en medio del dormitorio en el que descansábamos doscientos seminaristas, quizá más, y me iba al baño colectivo, donde había una ventana grande que daba al campo. Daba al campo y al cielo, que en esa zona de Castilla era muy estrellado. A veces, la luna, con su luz de plata vieja, alumbraba el escenario y a mí me recorría un latigazo de fe que me dejaba sin aliento, anonadado, pues pensaba que ahí había un mensaje que era incapaz de interpretar. Luego volvía a la cama y luchaba contra el demonio de la carne y el demonio del mundo y contra el demonio a secas, y a lo largo de esa lucha me vencía el sueño y en ese sueño en blanco y negro sucedían cosas con las que no sabía qué hacer al despertar. En ocasiones, en medio de esta lucha contra el demonio, el mundo y la carne, se manifestaba la cabeza invisible a rebosar, como un frutero, lleno de jugosas fantasías eróticas, y no tenía más remedio que caer. Podría decirse que me masturbaba yo con las fantasías de otro, porque lo cierto es que la cabeza invisible nunca ha llegado a ser del todo mía. O sí, no sé, no sé, no sé.

Años más tarde escribiría una novela, *Letra muerta*, donde se narra la historia de un tipo dominado por un rencor social extraordinario al que una organización terrorista capta para que se haga sacerdote y contribuya a destruir la Iglesia desde dentro. El tipo entra en el seminario, estudia, se ordena y empiezan a pasar los días sin que la organización que lo captó dé señales de vida para indicarle el camino a seguir.

La organización ha desaparecido. Pero él ya no puede volver a su vida anterior porque se encuentra cómodo dentro de la sotana. Le gusta decir misa y rezar y leer las vidas de los santos. Con el tiempo, su apariencia se convierte en su realidad. Nadie sabe que es un terrorista y hasta él mismo, con frecuencia, llega a olvidarlo. Creo recordar que hacia el final descubre que la organización que lo captó no era otra que la misma Iglesia.

Infiltrados.

He leído en algún sitio que quizá el último neandertal vivió infiltrado entre los sapiens haciéndose pasar por uno de ellos. Así llevo yo toda la vida, haciéndome pasar por uno de vosotros. Queriendo ser uno de vosotros. Imitándoos para que la imitación se convierta en naturaleza, para que la réplica no se distinga del original. Un papel de fumar tarda en caer al suelo. Una moneda de cobre, en cambio, se precipita velozmente, atraída por él. El papel de fumar no vale nada, pero es capaz de ofrecer resistencia al aire. Es terco el papel de fumar. Me pregunto si yo habré sido terco. Si he llegado a viejo por pura terquedad. Quizá he sido terco pero flojo, como el papel de fumar.

Cuatro

Tengo que hablar de lo del infiltrado con mi psicoanalista, me digo en el híper, mientras hago la compra de la semana. Me pregunto si Alberto, al hablar de mí a la policía en su calidad de informante, contribuyó a dejarme fuera, no solo fuera de la cárcel, sino fuera de los escogidos, un poco fuera de la vida. Le doy vueltas al asunto en el puesto de la pescadería, mientras valoro la calidad del género. He dejado el carrito de la compra detrás de mí, pero hay algo, un soplo, una intuición, no sé, algo que me obliga a girar la cabeza. Al hacerlo, sorprendo a un hombre mayor, con aspecto de jubilado, extrayendo del asa del carrito el euro con el que lo he liberado de su fila. Utiliza una llave muy pequeña con la que en un solo movimiento saca la moneda. Visto y no visto. Son tiempos difíciles para las haciendas domésticas, aunque, según las grandes cifras, la Economía, con mayúscula, va bien, incluso muy bien, mejor que la del resto de la Unión Europea. Esa discrepancia entre lo micro y lo macro, entre lo atómico y lo subatómico... El hombre y yo nos miramos. En sus ojos hay una súplica que decido atender, de modo que me doy la vuelta y regreso a los pescados como si no acabaran de robarme un euro. Qué manera tan ingeniosa de hacer un dinero, pienso. Veinte carritos, veinte euros. ¿Cuántos carritos se pueden vaciar en un par de horas? ¿Cuántos carritos de cuántos supermercados tendrá que vaciar para que se le conozca como el hombre del euro, quizá como el héroe del euro?

Monedas.

Yo las robaba del bolsillo de mi padre, del bolsillo de la chaqueta de mi padre, donde él dejaba caer céntimos o tuercas de manera indistinta. El bolsillo derecho de la chaqueta de mi padre estaba dado de sí. Tenía algo de bolsa, algo de víscera.

He de hablar también del peso de las monedas y del de las tuercas con la psicoanalista. Del peso de las monedas sobre la conciencia y también de Alberto, claro, al que tantas sesiones he dedicado, pero ahora en su calidad de informante.

Entonces llego a la zona de las verduras y la veo, veo a mi psicoanalista de espaldas. Una sincronicidad de carácter junguiano, pienso. Me acerco a ella por detrás. Digo:

—No sabía que compraba usted aquí.

Se vuelve, sorprendida, sosteniendo un calabacín grande en su mano izquierda, me parece que es zurda.

—A veces —responde ella.

Y permanecemos callados unos instantes únicos, como si nos hubieran arrojado al mundo del silencio. Ella sabe hacerse fuerte en el silencio y yo también. Somos resistentes los dos, pero yo menos, por lo que al poco me rindo:

—El calabacín es un símbolo fálico —observo señalando el que sostiene ella en su mano izquierda.

Lo he dicho por romper el silencio e introducir una pizca de humor en nuestro encuentro, pero también porque soy algo bobo.

—A veces un calabacín no es más que un calabacín —dice ella a la manera en la que Freud afirmaba que a veces un puro no era más que un puro.

Luego introduce el símbolo fálico en una ligera bolsa de plástico que tiene algo de preservativo y se dispone a pesarlo para obtener la etiqueta con su precio. Me despido, turbado, para dirigirme a los frutos secos, donde me detengo unos instantes al objeto de que mi respiración, que había perdido el compás, se normalice.

Nadie nos prepara para estos encuentros insólitos en lugares tan inesperados.

Decido abandonar el establecimiento con la compra a medias y mientras hago cola en la caja, imagino a mi psicoanalista en la consulta metiéndose el calabacín en la boca como si el calabacín fuera el sucedáneo de una polla. Este pensamiento no es mío, me digo. Puedo reconocer un pensamiento mío entre un millón de pensamientos, y este no me pertenece. Se trata de un pensamiento intrusivo, como esas voces que ordenan a algunos matar y descuartizar a sus madres e introducirlas en la nevera y hasta comérselas a veces.

Soy resistente a las fantasías ajenas que se cuelan en mi cabeza. Pese a ello, ahora se me aparece mi psicoanalista desnuda intentando meterse el calabacín por el culo. Le cuesta, aun después de haberse aplicado previamente una crema.

Sigo en la cola de la caja del súper y miro en derredor para descubrir a quién rayos puede pertenecer esta fantasía intrusiva y sospecho de un padre de familia gordito y bajo que tiene la mirada perdida, como si estuviera en otra parte. Yo sé dónde estás, cabrón. Te acabo de pillar.

Le escupiría, pero me contengo.

Esa misma tarde, en la consulta, tumbado en el diván, le digo que siento mucho lo de la mañana.

—¿Qué es lo que siente usted? —pregunta.

—Lo del calabacín —admito—, ha sido un comentario zafio.

Advierto de inmediato que «comentario» y «zafio» riman en asonante y que no suenan bien las dos palabras juntas.

—Un comentario muy grosero —añado para corregir el mal efecto de la rima.

Ella ríe desde su sillón, detrás de mí, para quitarle importancia al asunto. No le relato las fantasías posteriores, de las que tuve que hacerme cargo sin que fueran mías y que llegaron a mi mente tras haber hecho transbordo sin duda en la cabeza invisible de mi infancia, que sigue manifestándose de vez en cuando. Procuro parecer un paciente normal, igual que procuro parecer un ciudadano normal, un escritor normal, un viejo normal. Lo que sí le digo para darle gusto es que suelo fantasear con la idea de que ella entra en una especie de letargo cuando yo abandono la consulta. Un letargo del que no despierta hasta que regreso de nuevo la siguiente semana. Le digo que me molesta la idea de compartirla con otros pacientes quizá más interesantes que yo.

Ella ríe de nuevo.

—Mc arrepiento —añado— de haberla visto arrastrando el carrito del súper como cualquier contribuyente menesteroso.

—Quizá sea una contribuyente menesterosa, no me idealice —dice ella.

Y desde esa frase, como desde cualquier otra, porque todas me sirven, saltamos a mi madre. Mi madre, tan necesitada y tan fuerte, tan menesterosa y satisfecha, tan autosuficiente y sometida. A mi madre la vaciaron poco antes de que yo me fuera al seminario. De ese modo se denominaba entonces, al menos de forma coloquial, la operación consistente en extirpar el útero y quizá los ovarios a las mujeres. Entonces, a mi madre la habían vaciado. Se lo escuché contárselo por teléfono a un pariente lejano, de Valencia.

—Me han vaciado —dijo.

Imaginé que la habían dejado hueca, claro, y me pregunté cómo sería eso de estar hueco, de vivir hueco. Desde aquel día, miré a mi madre de otro modo, incluso iba por la calle observando como un bobo a las mujeres para intentar distinguir a las ahuecadas de las llenas, pues los cirujanos de la época tenían un instinto vaciador inconcebible y debía de haber muchas. Vaciaban con igual entusiasmo para tratar la depresión, la ansiedad o los síntomas menopáusicos. Con semejantes estándares quirúrgicos no era raro escuchar que a tal mujer o a tal otra la habían vaciado, expresión que hoy no se emplea ni siquiera de forma coloquial, pero que da una idea de hasta qué punto se les viene asignando un papel meramente reproductor.

—¡Qué brutales somos en el uso del lenguaje! —exclamo tumbado en el diván tras hablar de la oquedad de mi madre, que fue una de las oquedades fundacionales de mi vida.

—¡Y cómo se nos escapa, a través de él, lo que pensamos de las cosas! —concluye mi psicoanalista.

Consumo la sesión sin que salga a relucir el asunto del peso de las monedas, aunque es probable que lo haya mencionado en otras ocasiones. Me repito mucho en la terapia porque me cuesta alcanzar el núcleo de los asuntos.

—Una sesión muy especial —digo al despedirme.

En general, no reconozco como mías mis fantasías sexuales. Creo que pertenecen a gente que está cerca, quizá en la habitación de al lado, por ejemplo, de este hotel de Barcelona en el que he ido a caer por razones de trabajo y desde el que escribo estas líneas. Las escribo a mano, en un cuaderno, lo que viene a ser como regresar al país en el que nací a la escritura. Porque la escritura me parió. Primero me parió la lectura. Primero, mi madre, mejor dicho. No pude evitar venir al mundo como no podré evitar abandonarlo. Y si estos dos asuntos son tan inevitables que en cierto modo ya han sucedido, ¿hay algo verdaderamente que merezca ser evitado entre los dos?

El reportaje se me aparece como inevitable también. ¿Y si, después de tanto tiempo, me pregunto, provocara un encuentro con Alberto, mi hermano, el informante, y lograra que hablásemos de aquellos años? ¿Habría ahí material para un reportaje, para un buen reportaje?

Cinco

En el avión, pese a sus incomodidades, suele acometerme el sueño que se me niega en la cama, así que cierro los ojos e ingreso en un estado de vigilia atenuada desde el que me abandono a una evocación entre realista y onírica del adolescente que fui y del que soy padre y heredero al mismo tiempo. Vengo de él, pero él es mi hijo. Hablando como padre, no me gusta. Lo veo acobardado, confuso, torpe, lo veo poco inteligente, opaco, lo veo con miedo a la vida y a la tabla periódica y a las oraciones de relativo. Lo veo moralmente mezquino también, mezquino por ósmosis, diríamos. Todo lo que no es tradición es ósmosis. Comparado con Alberto, mi hermano alternativo, el informante, lo veo como un tonto o, mejor, como un bobo. Un bobo es un tonto de tercera.

Alberto, el informante, tenía talento ensayístico.

—El talento por antonomasia —decía él— no es el talento narrativo, sino el ensayístico. La Revolución rusa no la hicieron los novelistas, pobres, sino los pensadores.

Solía repetir que se había matriculado en Arquitectura porque la arquitectura «amuebla la cabeza», expresión muy utilizada entonces por la progresía ilustrada. Cada uno imaginaba la suya, su cabeza, según era su vida. Para mí, una cabeza bien amueblada se parecía a un cuartito de estar de clase media. La ósmosis.

—Antes de empezar un edificio —añadía Alberto—, has de representarlo en el plano. Una novela no, una novela se comienza de cualquier forma, a veces por el techo, igual que un sistema filosófico.

Me dolía un poco esta comparación entre la carrera universitaria que cursaba él y aquella en la que me esforzaba yo, así como sus ideas acerca del talento narrativo, pero intentaba no ver mala intención en ello. Desde la perspectiva que da el tiempo, me asombran las cantidades de paternalismo y condescendencia que había en su actitud y me asombra que yo no se lo tuviera en cuenta porque —por encima o por debajo del dolor— sentía admiración por sus reflejos mentales y sus capacidades analíticas. Todo ello sin contar con que, además, éramos hijos del mismo padre, un padre que, como el Banco Hispano Americano, tenía dos puertas, dos entradas, una que daba a Alberto y otra a mí.

Al poco de salir de la cárcel, pues lo habían detenido en una manifestación de estudiantes, me invitó a comer en su casa: su padre quería conocerme. La noche anterior no hice más que dar vueltas en la cama reviviendo la escena fundacional de «este hombre es tu padre».

¿Cómo sería el reencuentro?

Alberto vivía en Alfonso XII, frente al Retiro, en un edificio cuyo portal aparecía protegido por un individuo de uniforme con botones dorados que, tras identificarme y decirle adónde iba, me dejó pasar con una displicencia provocada, creo yo, por la baja calidad de mi atuendo en general y de mis zapatos en particular, en los que se fijó con una mirada valorativa que me puso algo nervioso. Instintivamente, escogí el ascensor de servicio o el ascensor de servicio me escogió a mí, no sé, lo cierto es que subí en él al sexto piso, al ático con vistas al parque, donde me recibió Alberto conteniendo la risa.

—Has entrado en mi casa —dijo— como en mi vida: por la puerta de atrás.

No sabría decir si se trataba de un halago o de un insulto, pero me gustó la frase y yo, frente a las frases que me gustan, pierdo el norte.

Para corregir aquel comienzo malo malo me condujo, atravesando rápidamente la mansión, hasta la puerta principal, por la que me obligó a salir.

—Llama y te abro.

Llamé, me abrió y accedí ahora como un señor, por la entrada principal, y no como un intruso, como un hijo bastardo, por la de servicio.

—La próxima, ya sabes —dijo Alberto franqueándome la entrada con una sonrisa de autosatisfacción.

(No habría próxima vez, pero entonces aún no lo sabía).

La casa era enorme ya desde el mismísimo vestíbulo, pues no había perdido el tiempo en ser grande, no había dudado, no había empezado con timidez, sino de golpe, como, pensaba yo, deben empezar las buenas novelas («Todas las familias felices se parecen, las desdichadas lo son cada una a su manera»). Si una casa está destinada a ser grande, que lo sea desde el principio, en fin. De aquel vestíbulo salían, a izquierda y derecha, dos pasillos muy anchos que se separaban, como los dos brazos de un río, para abrazar una isla interpuesta en su camino. El centro de la vivienda, protegido por aquel par de corredores, trajo a mi memoria la isla de Francia, situada en medio del Sena, aunque también la de Manhattan, en medio del Hudson. No conocía París ni Nueva York, pero había estudiado detenidamente sus mapas porque viajaba mucho a través de ellos. En general, he vivido más en los mapas que en la vida (a veces en sus sucedáneos). La comparación puede parecer exagerada para quien no conozca los pisos de lujo de esa zona de Madrid, pero no me lo pareció cuando tiempo después visité París y Nueva York. ¿Tengo problemas con la percepción del espacio? Sí, de siempre, y con las proporciones en general. Alberto mencionó el nombre del arquitecto que había construido el edificio como si debiera conocerlo, pero no lo había escuchado jamás.

El padre de mi amigo (y el mío, si nos atenemos al relato) había escalado mucho desde que lo conociera a través de mi madre, aunque ya entonces dirigir la sucursal de un banco, incluso en un barrio como el nuestro, tenía una importancia muy superior a la actual.

La vivienda disponía de una biblioteca situada en el corazón mismo de la isla. Cuando digo «biblioteca», quiero decir que no se trataba de una mera acumulación de libros, sino de un conjunto orgánico que remitía a una disposición mental para mí inalcanzable. Así, uno de los cartelitos que encabezaban las distintas secciones decía «Novela francesa». Tenían las novelas clasificadas, además de por autores, por nacionalidades y encuadernadas en atractivos volúmenes en piel. Empecé a jadear al repasar los títulos y los autores, desolado ante la cantidad de los que no había leído, fascinado, además de por la belleza de los lomos, por las hermosas molduras del mueble en el que reposaban a la espera de ser despertados. Me vino a la cabeza, absurdamente, el escaparate de una ferretería del barrio ante el que mi padre solía detenerse en actitud extática, como si aquellas herramientas, y el modo en el que estaban dispuestas, representaran un orden moral superior a aquel en el que vivíamos, pues nuestra esencia era el desorden.

Menciono todo ello por no hablar de la chimenea de mármol que se abría, como una gruta repleta de misterios, entre los lomos de los libros, por no hablar tampoco de las butacas, mesas o escritorios repartidos estratégicamente a lo largo de la estancia enorme y rectangular, cuyo suelo, de madera antigua, estaba protegido por alfombras en cuya espesura se hundían blandamente mis zapatos astrosos. Estuve a punto de decir que, disponiendo de una casa tan bien amueblada, podía uno darse el lujo de tener algo desamueblada la cabeza, pero me pareció que se lo podía tomar a mal.

—Como verás —dijo Alberto a mi espalda, mientras yo trataba de mantener una postura que no desentonara con el conjunto—, hay más ensayo que novela. En mi familia somos más de ensayo.

El padre me saludó con la simpatía paternal con la que los ricos se dirigen a los amigos pobres de sus hijos, porque los pobres, al menos durante el periodo de formación, son una buena influencia para los jóvenes destinados a dirigir el mundo.

—Me ha dicho Alberto que trabajas en la Caja Postal de Ahorros —dijo cuando nos sentamos a la mesa.

—Sí —respondí.

No había cambiado mucho pese a los años transcurridos. Estaba más viejo, claro, pero su elegancia continuaba tan fresca como el primer día que nos vimos.

—Los dos nos dedicamos a la banca —bromeó.

No comimos en uno de los grandes salones que habíamos atravesado Alberto y yo, sino en una estancia más modesta (es un decir) próxima a la cocina y a la que se refirieron con el nombre de office:

—Comeremos en el office.

Yo sabía que el padre de Alberto (y el mío alternativo) era viudo desde hacía algunos años, pues mi amigo utilizaba a menudo su orfandad para hacerse el interesante, pero ignoraba que tuviera una hermana algo retrasada a la que habían sentado frente a mí y a la que me presentaron con naturalidad, obviando su discapacidad. Asistía a la joven en el manejo de la cubertería una especie de institutriz de la que no mencionaron ni su nombre, como si fuera una extensión orgánica de la retrasada, que me hacía grotescos gestos de amistad cada vez que nuestras miradas se encontraban.

Imaginé que me casaba con ella (o quizá que me casaban con ella) y me trasladaba a vivir a aquella mansión con vistas al parque del Retiro y dotada de una biblioteca en la que hallaría refugio el resto de mis días. La perspectiva me pareció halagüeña.

—¿Lo compatibilizas bien con los estudios? —escuché preguntar al padre de Alberto.

—¿El qué? —dije, pues me cuesta desengancharme de mis fantasías.

—El trabajo en la Caja Postal.

—Sí, voy a las clases nocturnas de la facultad.

—¿Y cómo os habéis conocido entonces Alberto y tú?

—Los de las clases nocturnas y los de las diurnas coincidimos a última hora en los bares de Moncloa —dije sin saber si estaba en lo correcto.

El hombre asintió. Llevaba una camisa blanca con sus iniciales bordadas a la altura de la tetilla izquierda y continuaba fiel a los tirantes y al Camel. Fumaba entre plato y plato, servidos por dos asistentas con uniforme y cofia. Apenas probé nada por miedo a utilizar mal los cubiertos. Creo que los dos se dieron cuenta de esta circunstancia y no me presionaron.

En algún momento de aquella desigual reunión, me atreví a decir, dirigiéndome a Alberto, y a modo de halago, que su padre no se atenía a la imagen que la gente solía tener de los banqueros.

—¿Esperabas que fuera gordo, con una gran barriga y un puro en la boca? —preguntó riéndose.

—No sé —titubeé pensando en las caricaturas de un dibujante de la época.

Cuando Alberto mencionó que yo quería ser novelista, nuestro padre dijo que en esa casa eran más de ensayo, lo que sonrojó a mi amigo, que había pronunciado, como si fuese suya, una frase idéntica en la biblioteca.

—A partir de cierta edad, no se deberían leer novelas —añadió el padre con una sonrisa benevolente.

—¿A partir de qué edad? —pregunté yo algo alarmado.

—Depende del grado de madurez de cada uno.

No obstante, manejaba con soltura el nombre de autores de narrativa que yo conocía ya o estaba a punto de conocer. Pero concluyó que los tiempos venideros, si prestábamos atención a los errores cometidos a lo largo de nuestra historia, requerirían más de pensamiento racional que de relatos cargados de emoción.

—En ese sentido —concedió—, has hecho bien en matricularte en Filosofía. Necesitaremos también filósofos.

—«Necesitaremos» ¿dónde? —pregunté.

—En todas las áreas, en la banca, sin duda, y la banca será una de las piezas fundamentales del cambio.

Si pensamos que todavía faltaban siete u ocho años para la muerte de Franco y en torno a veinte para el desmantelamiento de la Unión Soviética, hay que reconocer que mi padre alternativo poseía una visión extraordinaria respecto del futuro del capitalismo. Se equivocaba, en cambio, acerca de la demanda de filósofos, aunque quizá lo dijo porque sonaba bien. Lo escuché luego muchas veces, a lo largo de mi vida, de la boca de grandes empresarios que ignoraban quién era Aristóteles.

La conversación decayó enseguida, en parte porque yo, cohibido como estaba, no fui capaz de alimentarla; en parte, supuse, porque decepcioné a los dos, al padre y al hermano alternativos, que en un momento dado comenzaron a hablar entre sí ignorando casi mi presencia. Solo la hermana de Alberto seguía prestándome una atención desmesurada a la que yo respondía con sonrisas y asentimientos de cabeza. A los postres, no recuerdo ni cómo ni por qué, salió a relucir el asunto de la cárcel por la que acababa de pasar Alberto y el padre, lejos de reprochárselo, emitió un juicio que me resultó sorprendente.

—La cárcel —dijo volviendo la cabeza hacia mí— le ha hecho perder un curso, pero le ha doctorado en otros asuntos de la vida.

Y enseguida, dirigiéndose a Alberto:

—Ya has cumplido ese trámite; ahora, a trabajar.

Yo también habría ido a gusto a la cárcel con un padre tan tolerante como aquel y con un futuro nacional como el que nos aguardaba, pues resultó que el haber pasado por ella, para algunos, constituiría enseguida, más que una mácula curricular, una insignia.

Fue abandonar aquella casa y saber que el vínculo fantástico entre mi padre alternativo y yo había sufrido un deterioro importante. Mientras caminaba por Alfonso XII, de vuelta al metro, imaginé que escribía una novela de tal alcance que se incorporaba de forma natural a la biblioteca del padre de Alberto, que se había limitado a ser caritativamente cortés con un amigo excéntrico de su hijo. También pensé que alguien que conocía el futuro del capitalismo tan bien como demostró (y como se demostraría con los años) solo podía ser Dios o el diablo. Descartado que fuera lo primero, solo quedaba espacio para lo segundo. Jamás volví a poner los pies en aquella biblioteca ni a comer en aquel office, aunque continué cultivando con Alberto una amistad que a veces parecía indestructible y pender de un hilo a veces. La orfandad pesa, quizá por eso, transcurrido el tiempo, volví la vista hacia mi padre real.

El avión se ha movido un poco y me ha sacado del estado de ensueño en el que evocaba aquel encuentro. Por la megafonía anuncian turbulencias y nos aconsejan que no nos movamos de nuestros asientos. Tras reacomodar la cabeza, hago cuatro inspiraciones profundas y caigo al poco de nuevo en esa suerte de duermevela desde la que, realizando una elipsis cinematográfica, me instalo unos años después, en el momento de la ruptura con Alberto, que coincidió con uno de los acontecimientos más extraordinarios de mi vida.

Una tarde de los últimos días de septiembre, al poco de que yo publicara mi primera novela, sobre la que mi amigo había opinado malamente («demasiado argumento»), fuimos al centro a tomar unas copas. La tarde se alargó y pasamos la noche de garito en garito, sin dejar de beber y de fumar y de discutir por esto o por lo otro, como si estuviéramos ajustando cuentas antes de despedirnos para siempre, que era, como comprendí luego, lo que estábamos haciendo. Al amanecer, nos detuvimos en una plaza de detrás de la Gran Vía, donde había entonces unos cines de arte y ensayo que se llamaban Luna, como la plaza: Cines Luna. Allí mismo, en la puerta de los cines, nos detuvimos y Alberto me dijo:

—¿Sabes qué? Creo que no me convienes, que no nos convenimos. Hasta aquí hemos llegado. Suerte.

—¿Hasta esta plaza, quieres decir? —pregunté yo en mi confusión de borracho—. ¿Y no podríamos llegar un poco más lejos, no sé, hasta la de Callao, que está ahí mismo?

Alberto se dio la vuelta y se largó sin responderme. Yo estaba aturdido y más que aturdido. El último porro me había provocado una especie de pálida, así llamábamos entonces a ciertos estados que oscilaban entre la lipotimia y la alucinación. Anduve unos pasos como pude en busca de un lugar donde sentarme y llegué hasta la puerta de la iglesia que hay en esa plaza y que, pese a lo temprano de la hora, por alguna razón, estaba abierta. Entré y ocupé, con toda mi soledad, que era la soledad del cosmos, uno de los bancos traseros. Al desengancharse de mí, Alberto me había desenganchado del mundo. Pensé que no podría vivir con eso, que no lo podría soportar, pero entonces, de entre la niebla y el desamparo mental, surgió una certeza incontestable: Alberto rompía conmigo porque se disponía a escribir una novela. Ese imbécil, me dije, va a escribir una novela. Se lo había notado, sin hacerlo consciente, en el último de los bares en el que habíamos ido a caer. Discutíamos como críos acerca de la superioridad del ensayo sobre la novela y al revés. Advertí que sus posiciones ante el ensayo habían perdido un poco de firmeza. De súbito, habló de la novela ensayística o del ensayo novelado como de una variedad noble porque tomaba lo mejor de cada género. La novela ya no le parecía tan detestable, a condición de que fuera capaz de reflexionar sobre sí misma.

Me desconcertó aquel cambio, que había ocultado hasta ese día, y me pregunté por el sentido de tal ocultamiento. La respuesta no era otra que la apuntada más arriba: el imbécil de mi hermano imaginario iba a escribir una novela. Lo adiviné retrospectivamente en sus ojos, en su mandíbula. Tenía la mandíbula y los ojos de un autor de novelas ensayísticas. Quería arrebatarme mi lugar porque no soportaba que yo hubiera publicado antes de que él hubiera diseñado un edificio. Mi lugar, mi sitio, el espacio que nuestro padre había reservado para mí. Necesitaba para sí toda la herencia, no le bastaba con el ensayo, necesitaba todo, necesitaba la hacienda y las ideas. Pero no podía escribir esa novela atado a mí, no podía perpetrar el crimen a la vista. Tenía que extirparme, que sacrificar al gemelo inviable, al débil. Tenía que matarme, y lo cierto es que en alguna medida me acababa de asesinar.

Así estaba yo en aquel banco de la iglesia de la plaza de la Luna: asesinado, muerto, porque aquel imbécil iba a escribir una novela genial, ensayística, que amenazaba con tapar cualquier basura que escribiera yo. Me había sacrificado a unos intereses bastardos, aunque el bastardo fuera yo. No le bastaba con la posición del hijo reconocido, del legítimo, necesitaba también el aura del bastardo. Iba a escribir una novela. El hijo de puta de Alberto, el informante (ahora lo sé), se había ido a su casa para escribir una novela, seguramente la estaría escribiendo ya mientras yo permanecía en aquel banco al borde del desmayo, porque me iba a desmayar para huir de la rabia y de la pena tan grandes que recorrían los túneles de mi organismo, todos, todos los túneles: los de la respiración y los intestinales y el resto de las cavidades huecas (mi pobre madre, hueca) del organismo en las que se deposita el miedo.

Alberto no escribió aquella novela ensayística, jamás la escribiría, pero yo viví bajo esa amenaza constante el resto de mis días (todavía hoy abro los suplementos literarios de la prensa con cierta aprensión, por si saltara la sorpresa). Los amigos listos de los novelistas tontos (valga la redundancia) tienen ese poder, el de constituir una amenaza imaginaria, que es un poder de clase, como el del dinero.

Antes de desmayarme, reparé en uno de los confesionarios y me pareció que sería un buen lugar para dar una cabezada y recuperar el sosiego. Sobreviviría si era capaz de entregarme al sueño o a la lipotimia unos minutos.

El confesionario, tan acogedor por dentro como barroco por fuera, disponía de un cojín muy blando para las nalgas y de un apoyabrazos en el que coloqué el mío a fin de apuntalar luego sobre mi mano derecha la cabeza. Cerré los ojos y me vinieron a la memoria, con una claridad alucinógena, escenas de mi paso por el seminario, pues yo, como se ha dicho en varias ocasiones, estuve a punto de ser cura, asunto al que apenas me he referido en mis escritos personales o entrevistas periodísticas porque me daba vergüenza confesarlo.

Por razones que detallé en la citada *El mundo* y que guardaban relación con el deseo de huir de casa, más que con mis inclinaciones religiosas, ingresé en la congregación de una orden misionera llamada Oblatos de María Inmaculada. El interior del seminario estaba compuesto por un conjunto de pasillos que en la memoria han devenido túneles. Los había de primer orden y de segundo orden, pasillos y subpasillos, túneles y subtúneles, diríamos, de los que salían las diferentes vesículas del gigantesco inmueble: las aulas, la iglesia, la cocina, la lavandería, la despensa, las habitaciones de los profesores, la gran vesícula del dormitorio de los seminaristas... La palabra vesícula, por su semejanza a versículo, me trae a la memoria los de un salmo de la Biblia que decían más o menos así: «Aunque ande en el valle de sombra de la muerte, no temeré mal alguno porque Tú estarás conmigo».

Alberto, el informante, mi hermano alternativo, ya no volvería a estar conmigo jamás.

En fin.

Por el interior de los túneles del seminario sonaban los acordes del *Dies irae, dies illa*, el famoso himno medieval cuya traducción venía a ser la siguiente:

*Día de ira, aquel día
en el que los siglos serán reducidos a cenizas,
como lo atestiguan David y la Sibila.*

Me gustaba ese himno fúnebre, esa amenaza, lo que quiera que fuera. Los pasillos o túneles del seminario, como cabe esperar, estaban llenos de puertas. Las había de todos los tamaños y para todos los gustos. Puertas convencionales y puertas raras, misteriosas. Las puertas prometen más de lo que dan. Incluso las impenetrables o enigmáticas decepcionan al abrirlas, porque ninguna da a donde debería. Ninguna da a Dios, ni siquiera al diablo, las puertas dan a lo previsible, lo esperable: al cuarto de baño, al dormitorio, a la cocina. Tengo para mí que el objetivo de las puertas, de los cientos o miles de millones de puertas que hay en el ancho mundo, no es otro que desviar la atención de la única que valdría la pena abrir y cuya ubicación desconocemos. Me viene entonces a la memoria un libro que leí de joven en el que un preso norteamericano contaba que había logrado fugarse de la cárcel a través de una puerta mental. Llevo toda la vida intentando dar con esa puerta mental, aunque sin renunciar a encontrar la física.

Necesito fugarme.

Cuando te movías de un pasillo a otro, de un túnel a otro de aquel gran internado, ibas en realidad de un sitio a otro de ti mismo. De tu presente a tu futuro.

¿Qué ocurrió allí dentro, durante aquellos tres años? No lo sé, lo tengo borrado, aunque asoman fragmentos: el de la lectura de *Crimen y castigo*, por ejemplo, que ya hemos señalado. Lo demás viene a ser como un agujero negro y estático, una oquedad (mi pobre madre, hueca) abierta en medio de mi realidad biográfica, un vacío semejante a aquel que se produce en la visión tras un desprendimiento de retina. Un desprendimiento de retina de la memoria. Hay un boquete en medio de mi existencia.

Soy un hombre aturdido. Percibo la realidad con un ruido de fondo y lo peor es que no sé si el mensaje importante es el que procede de la realidad o el del ruido de fondo. Es así desde la infancia, de ahí mi opacidad y mi dificultad para pagar las multas de tráfico en las que me descuentan la mitad si hago los trámites antes de treinta días. Nunca llego. Los trámites me matan, aunque procuro someterme a ellos por si en su interior apareciera la verdad de súbito. En el silencio me percibo mejor, con mayor nitidez.

En el silencio. ¿Dónde hallarlo?

Y bien, estábamos en el interior del confesionario en el que me había quedado medio dormido recitando los versos medievales del *Dies irae*, cuando escuché un ruido a mi izquierda: una mujer acababa de arrodillarse frente a la celosía de ese lado del confesionario.

—Ave María Purísima —dijo.

—Sin pecado concebida —respondí yo de manera automática.

La mujer añadió que hacía una semana que no se confesaba. Luego permaneció callada, como a la espera de que yo le echara una mano. La celosía, cubierta con un velo negro, solo me permitía ver su rostro de manera algo desvanecida, pero intuí que no sería mucho mayor que yo. Llevaba la melena de la época, con las puntas del cabello hacia dentro. Titubeaba. Le atribuí una belleza turbia de la que quizá carecía. La escuché más con mi cabeza invisible, a la que la lasitud provocada por el hachís había dejado asomar, que con la visible.

—¿Qué te trae tan temprano a la iglesia? —pregunté.

—Ha ocurrido algo atroz en mi casa —dijo ahora con cierta decisión, como dispuesta a afrontar un suceso terrible.

—No hay nada que Dios, en su misericordia, no pueda perdonar —musité yo súbitamente lúcido e investido de una extraña autoridad.

—¿Y los hombres? —dijo ella—. ¿Y el perdón de los hombres?

Me pareció que quería asegurarse de que continuaba vigente el secreto de confesión.

—El perdón de los hombres —la tranquilicé— no pertenece a este negociado. Además, una vez obtenido el perdón de Dios, ¿qué necesidad tienes del de los hombres?

Me contó que estaba embarazada y que su marido había llegado a casa borracho y violento y a las tantas, como por otra parte era habitual en él. Que había intentado forzarla y que ella, en este caso, y por miedo a que se malograra la gestación, se había resistido. En el forcejeo, la mujer había golpeado al hombre en la cabeza con un objeto «contundente». Dijo «contundente», sin especificar la naturaleza del objeto, como para protegerse todavía de la justicia de los hombres. Conocía sin duda, por el cine, la importancia del arma del crimen en el curso de las investigaciones forenses. Estuve tentado de preguntarle, pero me reprimí para evitar caer en un interrogatorio de carácter policial.

—¿Ha muerto? —inquirí sin embargo.

—No lo sé —respondió sin perder el aplomo—. Lo he dejado allí, sobre el suelo del dormitorio. Quizá sí. Pertenecemos —añadió— a dos familias muy conocidas. Va a ser un escándalo. ¿No le parece increíble que me preocupe por el escándalo?

—No lo sé —dije sinceramente—. No lo sé.

Los dos permanecimos en un silencio medieval, ignoro por qué me ha venido esta palabra, «medieval», quizá por los ecos del *Dies irae* que había canturreado poco antes, en un silencio medieval que rompió ella:

—Padre, absuélvame. Deme el perdón de Dios, que ya me ocuparé yo del de los hombres.

Me resultaba asombrosa aquella mezcla de fragilidad y decisión, aquel revoltijo, debería decir, pues era imposible averiguar dónde terminaba la primera y comenzaba la segunda. No había la frontera que se supone que existe entre dos actitudes tan incompatibles.

Fragilidad y decisión. Miedo y valentía. A mí me ha hecho valiente el miedo. Siempre he huido hacia lo que temía, siempre me he abrazado al terror.

¿Aquel «absuélvame» era una orden o un ruego? Nunca lo he sabido.

La ambigüedad, pensé, era quizá una forma de mantener a raya la angustia. De modo que la absolví paladeando todas y cada una de las palabras del ritual:

—*Ego te absolvo a peccatis tuis in nomine Patris et Filii et Spiritus Sancti.* Vete en paz.

La mujer se levantó y se fue, y yo, despierto y sobrio, con la cabeza invisible oculta de nuevo en la visible, me quedé pensando en el poder del perdón, un poder que el azar me había concedido para que lo utilizara con una penitente que, de haber tropezado con un cura de verdad, quizá habría sido denunciada ante la justicia de los hombres: ignoraba si el secreto de confesión incluía los delitos de esa naturaleza, además de los pecados. Por aquella época se había hecho célebre una película de Hitchcock que trataba de esto: de un cura al que le confiesan un crimen que no puede denunciar y del que es acusado. No sabía si en la vida las cosas funcionarían como en el cine.

Me trastornó, en cualquier caso, la idea de haberme implicado como encubridor en un posible asesinato que, a estas alturas, casi cincuenta años después, habrá prescrito ya y del que puedo hablar sin miedo a que me cite un juez.

Viene a ser como desclasificar un documento secreto antiguo, como desclasificarme a mí mismo. Ahora soy un desclasificado.

¡Cuántas veces me ha venido a la cabeza la imagen en blanco y negro de aquella mujer de la que imaginé que viviría en un piso de lujo de la Gran Vía, muy cerca de la iglesia en la que había buscado amparo! En multitud de ocasiones he imaginado el salón de aquella casa, un salón grande, con una chimenea de mármol, parecida a la de la casa de Alberto, un salón como el que he acabado teniendo yo porque esa era mi idea del lujo, la de la chimenea, una idea que he perseguido hasta darle alcance. A veces, sentado en mi sofá, desvío la mirada del televisor hacia la chimenea, en la que arden un par de troncos, y me pregunto si el arma del crimen fue uno de esos atizadores de la lumbre que, cumpliendo una función decorativa, sirven asimismo para abrir cabezas.

Durante los siguientes días leí todos los periódicos sin encontrar ninguna noticia alusiva al incidente. Pensé que, si la mujer pertenecía a una familia adinerada y probablemente franquista, las autoridades habrían tapado el asunto para evitar el escándalo social. No habría sido raro en aquellos años. Pero también me dio por suponer que tal vez aquella penitente que se había arrodillado ante el confesionario estaba loca y se había acusado de un crimen imaginario ante un sacerdote irreal también. Todas las posibilidades narrativas estaban abiertas, y yo no sería capaz de cerrarlas durante el resto de mi vida. ¿O sí?

¿Habría en esta historia un reportaje?

Seis

Acabamos de aterrizar en Barcelona, donde tengo una reunión con mi agente y una comida con mis editores. Mientras camino por el finger que me vomitará a la terminal, imagino la cara que pondría Alberto si nos encontráramos ahora, en este instante, después de tantos años, y le espetara:

—Sé que fuiste un informante.

Tal vez debería hacerlo. Ahí, en el asunto de los informantes, me digo, ahí hay un reportaje.

Entonces alguien pronuncia mi nombre y al volverme veo a un viejo, es decir, a un tipo de mi edad, que me saluda efusivamente.

—Soy Pascual —dice.

Pascual: no acabo de caer hasta que vuelvo a los años del colegio y veo al estudiante de bachillerato que era yo y que asiste, desde el pupitre, a una clase de Lengua de la que ha desconectado hace tiempo porque observa fascinado la nuca del compañero de delante, que se llama de este modo, Pascual. Intento no salirme del campo visual de la nuca porque cuando desvío la mirada un poco hacia la oreja derecha, resulta que no hay oreja. Aparece, en vez de ella, un pegote, un muñón irregular y rosado con un pequeño agujero en el centro, como si se la hubieran hecho deprisa y corriendo esa mañana amasando un puñado de carne picada.

Todo un curso escolar estuvo ese adolescente, yo, condenado a observar la oreja del pobre Pascual, que no era propiamente hablando un pabellón auricular, como se refería a ese apéndice el libro de Ciencias Naturales. Un día me atreví a preguntarle si oía algo a través de aquel agujero y me dijo sonriendo que sí, porque Pascual se reía de su no-oreja.

Pascual tenía coraje, era valiente.

Quisiera escribir esto con una desesperación bienhumorada, una desesperación que produjera risas trágicas. Todas lo son. Todas las risas de este mundo tienen un lado oscuro, quizá el lado oscuro es su razón de ser.

Esa extraña duplicidad que me ha obligado a ser al mismo tiempo padre y heredero de aquel adolescente pánico me obliga a sentarlos a negociar para salvarlo a él y salvarme a mí mismo. Llevo toda la vida en ello. De su resultado dependen algunos asuntos relacionados con la conciencia. Pero la negociación se alarga y se alarga como la de un convenio colectivo del sector del metal.

El caso es que me encontré con Pascual, el compañero de colegio, igual que con Serafín, el policía infiltrado de los cócteles molotov: por azar, si el azar no fuera, como decía Borges, «un modo de causalidad cuyas leyes ignoramos». Pascual estaba calvo y tenía oreja, una oreja de látex, supuse luego, hiperrealista, una prótesis de una calidad formal extraordinaria. Procuré no mirar con impertinencia aquel magnífico pabellón auricular, aquella prótesis, para que no se sintiera violento, pues se estableció de inmediato entre él y yo un pacto implícito según el cual no hablaríamos de orejas. Lejos de ello, fingimos que siempre había sido dueño de una oreja normal, como la que llevaba ahora y por la que Dios sabe qué escucharía.

¿Se escuchan mejor las mentiras a través de una oreja falsa?

¿Qué se ve a través de un ojo de cristal?

De existir lenguas artificiales, capaces de sustituir a las naturales en el interior de la boca, ¿qué cosas diríamos con ellas? La idea esta de la lengua me hizo percibir la mía como si fuera el resultado de un implante, de modo que le hablé a Pascual con palabras implantadas que quizá solo escuchó con su oreja de atrezo.

Se había hecho dentista, me dijo, y me ofreció una limpieza dental gratis porque aún no se había jubilado, no del todo, gozaba de lo que en términos administrativos se conoce como «jubilación activa», por la que cobraba la mitad de la pensión que le correspondía a cambio de continuar trabajando. Se trata de la misma fórmula a la que me acogí yo al cumplir los sesenta y cinco.

—Te tomo la palabra —le dije por si de aquel encuentro surgiera la posibilidad de un reportaje.

—Llama a mi consulta y pide hora —dijo él pasándome una tarjeta de visita con sus datos antes de despedirnos en la cola de los taxis.

Había ido a Barcelona a un congreso sobre implantología.

—Hay que estar a la última —concluyó.

Lo de la tarjeta de visita me pareció antiguo, pero, ya de vuelta en Madrid, dejé pasar una semana, para no demostrar impaciencia, y le llamé, no porque necesitara la limpieza, sino por la curiosidad de observar mi pasado en aquella oreja artificial. Me dio hora un miércoles, a media tarde.

Tenía la consulta en un piso de un barrio de clase media un poco envejecido.

—Ahora hago muchos implantes —dijo— porque conozco las nuevas técnicas y tengo el pulso de un chaval, pero en este barrio, hace años, me harté de colocar ortodoncias. La mitad de los niños de esta zona pasaron por aquí.

Entretanto, su ayudante, una joven con bata blanca, me había invitado a sentarme en el sillón y me había colocado un babero.

—Enjuágate un poco con este colutorio —ordenó Pascual, y yo hice unas gárgaras disciplinadamente y expulsé el buche de líquido verdoso y él apretó un botón y el respaldo del asiento bajó y enseguida vi su rostro, la mitad de él oculto tras una mascarilla de quirófano, sobre mí y cerré los ojos para que no advirtiera que se me iban hacia la oreja falsa, pero también porque resultaba violento mirarnos de ese modo, tan cerca sus pupilas de las mías.

Cerré los ojos, decía, y me pregunté si el colutorio aquel tendría algo de bebedizo cuya sustancia se había colado en mi torrente sanguíneo a través de las mucosas de la boca. Lo digo porque entré en una especie de ensueño desde el que escuché decir a Pascual que quizá convendría arrancarme una pieza dental, la última del lado derecho de la mandíbula inferior, que se movía un poco y que tarde o temprano me daría problemas.

Negué con la cabeza por si se le ocurría meter los alicates y él se rio al tiempo de decirme que, si decidía quitármela, se la podría poner al Ratoncito Pérez.

—Leí lo que contabas sobre el Ratoncito Pérez en uno de esos libros que escribiste con Juan Luis Arsuaga —añadió—. ¿Te lo inventaste o era verdad?

Se refería a un suceso de mi infancia, narrado en *La conciencia contada por un sapiens a un neandertal*, en el que mi padre ahogó en la bañera a un ratoncito que se había hecho fuerte en nuestra casa y que era idéntico al de las ilustraciones del cuento gracias al que conocí al famoso roedor. De ahí que creyera que al que había matado mi padre era al auténtico Ratoncito Pérez.

—Era verdad —confesé obligándole a sacar por un instante los instrumentos de mi boca—. Durante un tiempo pensé que mi padre terminaría en la cárcel por haber acabado con él.

Pascual se echó hacia atrás, se bajó la mascarilla para respirar mejor y dijo:

—Pues no fue tu padre el que acabó con el Ratoncito Pérez. Fui yo.

Tras enjuagarme la boca y escupir, lo miré con asombro.

—Ahí tienes un reportaje —dijo, como si conociera mis preocupaciones.

—¿Dónde? —pregunté.

Pascual se subió la mascarilla, volvió a la boca y, tras unos segundos de silencio, dijo con gravedad:

—Yo maté al Ratoncito Pérez. El Ratoncito Pérez son los padres porque yo maté al auténtico y no hubo forma de sustituirlo.

Dios mío, pensé con los ojos cerrados y con la boca abierta, estoy en manos de un demente. Pero como las enfermedades mentales se habían puesto de moda, pensé también que quizá, en efecto, ahí había un reportaje.

—Verás —continuó—, el primer diente de leche que perdí no se me cayó, me lo arranqué cuando empezó a moverse porque necesitaba pasar cuanto antes por la experiencia del Ratoncito de los cojones, al que tenía más miedo que otra cosa. Aquel día no había ido al colegio porque tenía fiebre. Era un lunes lluvioso, con mucho viento. Al otro lado de las ventanas, las copas de los árboles se agitaban como si intentaran huir de algo que les daba terror. Pero no podían moverse del sitio porque los árboles, ya sabes, están clavados en el suelo. Clavados en el suelo y mudos, porque tampoco gritan. Se espantan sin gritar. En mi barrio se troncharon varias ramas grandes que parecían brazos arrancados de un cuerpo gigante. Mi madre me había dicho que no me moviera de la cama, pero cuando salió de la habitación fui a la ventana para ver el espectáculo. Parecía que el mundo se iba a acabar. Entonces, al llevarme la lengua a los dientes de arriba, porque había notado algo raro, detecté el movimiento de uno de ellos. De los de delante, de los que llamamos palas —especificó golpeando suavemente con el instrumento de acero esa zona de mi dentadura.

»Me estremecí un poco —continuó enseguida—, era como cuando la mina de un lápiz se ha roto por dentro pero aún no se cae, solo se mueve en el interior de su alvéolo. La idea de la mina y la rotura me produjo un escalofrío, quizá también por culpa de la fiebre, que no dejaba de subir. Volví a la cama y estuve jugando con la punta de la lengua y con el diente flojo. Pensé en el Ratoncito Pérez, en su regalo, pero sobre todo en lo que significaba su visita: que me hacía mayor. Pasaron las horas. Mi madre se fue a trabajar y la sustituyó mi padre, que venía del trabajo. Se turnaron para que no estuviera solo. Al morder un trozo de pan, a la hora de la merienda, noté un chasquido que me recordó al de las ramas cuando se desprendían de los árboles. El diente quedó un poco torcido hacia fuera y la corteza del pan se manchó de sangre. Llovía más que nunca y el cielo estaba tan negro que parecía de noche. Me metí los dedos índice y pulgar en la boca, cogí el diente y lo moví hacia delante y hacia atrás hasta que se desprendió. ¿Dolía? Sí, pero era un dolor que, incomprensiblemente, daba gusto. Después fui al baño y escupí la sangre y me enjuagué y mi padre me oyó y acudió también al baño. Le enseñé el diente. Le expliqué que se me había caído al morder el pan. Él puso cara de sorpresa primero y luego sonrió.

»—Eso es que ya está empujando el otro —dijo—. Te haces mayor, hijo.

»Yo estaba con el diente en alto, mostrándoselo, al tiempo de pasar la lengua por el agujero resultante, que parecía un cráter. No noté la presencia de ningún otro diente empujando al que me acababa de arrancar.

»—Esta noche se lo tendrás que poner al Ratoncito Pérez —añadió mi padre.

»Envolvimos el diente —continuó Pascual— en un trozo de papel de periódico, después de haberlo lavado, claro, y lo dejamos en la mesilla de noche. Luego volví a la cama y me adormilé, por culpa de la fiebre. Entre sueños, escuché a mi padre hablar por teléfono, en voz baja, con mi madre, en un tono como de conspiración. Por la noche me bajó la fiebre, gracias a la medicación, supongo.

Mientras hablaba, Pascual introducía entre mis dientes un instrumento del que salía aire a presión mezclado con una suerte de arenilla limpiadora que sabía a bicarbonato. Comenzó a asombrarme su capacidad narrativa, su gusto por el detalle. Es posible que aquí haya un reportaje, pensé.

—Enjuágate —dijo él entonces.

Me enjuagué y al escupir el agua salió un poco de sangre.

—¿Tengo mal las encías? —pregunté.

—Están bien, es que me estoy empleando a fondo. Tenías la boca un poco abandonada.

Tras tumbarme otra vez, y después de que me introdujera de nuevo el tubo que succionaba la saliva a fin de que no se acumulara en mi boca descuidada, volvió al trabajo y a la historia del

Ratoncito Pérez, que me limitaré a resumir para no resultar tan prolijo como él: agotado por las emociones y la fiebre, se durmió profundamente hasta que hacia la mitad de la noche le despertó un roce en la zona del cuello, muy cerca de la cara. Asustado, se llevó la mano allí y tropezó con algo vivo y pequeño, algo caliente y palpitante, de lo que se defendió apretándolo en su puño hasta que aquello dejó de moverse. Cuando encendió la luz y abrió la mano, lo que tenía dentro de ella era un ratoncito insignificante. No se trataba del Ratoncito Pérez, claro, porque el Ratoncito Pérez no existe, pero entonces Pascual creía ciegamente en él y no le cupo la menor duda de que lo había asesinado. Debajo de la almohada encontró una moneda que con toda seguridad le había dejado el bicho antes de morir. En cuanto al diente, había desaparecido. No supo qué había hecho el roedor con él, quizá, pensó, se lo había tragado.

El caso es que el crimen lo llenó de culpa, de una culpa como jamás había sentido. Decidido a ocultarlo por miedo a ir a la cárcel a tan corta edad, salió de la cama y metió el cadáver ínfimo del animal en el plumier de dos pisos que le habían traído los Reyes ese año. Lo introdujo en el piso de abajo y allí permaneció durante el resto del curso, momificándose al parecer debido a las condiciones ambientales. Sin embargo, el Ratoncito Pérez continuó recogiendo los dientes de los niños y dejándoles a cambio algún regalo, de modo que al principio supuso que disfrutaba de un suplente. Más tarde, cuando se enteró de que eran los padres, pensó, durante un tiempo, que eran los padres, en efecto, pero por su culpa. En otras palabras, que, cuando los adultos percibieron su ausencia, decidieron tomar su lugar para que los niños no se desilusionaran.

—Ahora ya no creo racionalmente en el Ratoncito Pérez, como puedes imaginar —añadió riéndose—, pero una parte de mí continúa convencida de que lo maté yo y de que los padres tuvieron que ocupar su puesto.

Dicho esto, me pidió que me enjuagara de nuevo, porque ya habíamos terminado la limpieza, y tras quitarse la mascarilla fue a un armario y abrió un cajón del que sacó una pequeña caja de metal, una cajita antigua que tenía algo de ataúd y que en su día, según la información de la tapa, contuvo pastillas para la tos. La abrió y me mostró su contenido, que no era otro que el ratón momificado. Era del tamaño de un dedo pulgar, quizá algo más estrecho, y parecía realmente dormido. Me impresionó su contemplación, la verdad.

—¿No te parece una historia alucinante? —preguntó en tono exclamativo.

Tuve que reconocer que sí.

—Pues te la regalo —me animó—. Haz con ella lo que te dé la gana. Cuéntala en un programa de radio, me gusta lo que haces en la radio. Si quieres más detalles, ya sabes dónde localizarme.

Me regaló también el cadáver del ratoncito, en su caja, lo que me pareció extraordinario, si bien un poco siniestro. Lo guardé en un cajón de mi escritorio, bastante escondido, aunque, excepto mi nieta, nadie suele hurgar entre mis cosas. Con todo, quizá lo que más me asombró fue el hecho de que un niño con aquella historia dental llegara a ser dentista. Los caminos del Señor son verdaderamente inescrutables.

A los dos días, comí con la redactora jefa del periódico para intercambiar ideas acerca de posibles reportajes futuros. Le conté la historia de Serafín, el policía infiltrado, y me pareció que hizo un gesto de rechazo. Luego la de los informantes del movimiento estudiantil antifranquista, que tampoco aplaudió. Finalmente, le expuse la del Ratoncito Pérez, que le hizo gracia hasta que saqué del bolsillo de la chaqueta el ataúd metálico del roedor, pues lo había llevado para impresionarla. Cuando lo abrí a fin de mostrárselo, me miró horrorizada, como si estuviera loco. Quizá lo esté.

—Pero no la veo como reportaje —sentenció retirando el plato con gesto de asco. Se le había quitado el apetito.

Además, le pareció morboso que el dentista hubiera conservado el cadáver del animal, que ahora me pertenecía. Quizá, pensé, le había transmitido la idea de que yo empezaba a dar muestras de senilidad. ¿Sería posible? De hecho, concluyó el almuerzo proponiéndome que escribiera algo sobre la vejez.

—Algo de carácter autobiográfico —añadió pidiendo la cuenta.

Siete

Empecé, pues, a darle vueltas al reportaje sobre la vejez, en la que llevaba algún tiempo instalado como en un país extranjero, un país al que no acababa de cogerle el punto. Y había llegado a ese país no en avión, no en tren, no en autobús o en coche. Había llegado a través de mí mismo, de mis células, casi sin darme cuenta de que tal era mi destino. De joven, la condición de extranjero me parecía envidiable, quizá, se me ocurre ahora, porque guardaba semejanzas con la del intruso. Debido a mi trabajo, he sido un intruso ocasional en diversos países a los que he tenido que acudir a presentar mis libros o a participar de congresos literarios y demás. La experiencia me excitaba, aunque un poco a la manera en la que nos excita el tren de la bruja. Siempre temía quedarme atrapado en la parte oscura del túnel, en la parte oscura de la vida. En el intrusismo, como en todo, hay grados, y el grado en el que lo experimentaba yo cuando me hallaba entre los míos ya resultaba suficientemente perturbador.

En cualquier caso, desde París o Buenos Aires siempre podía telefonear a casa y comprobar que me reconocían, que esperaban mi vuelta incluso, y que el mundo conservaba aún ciertas formas de orden. Pero ¿adónde telefonear desde la vejez? A ningún sitio, no se puede telefonear a ningún sitio desde la vejez, estás abandonado ahí, en ese extrañísimo país en el que te empiezan a salir manchas en la cara y en las manos o en el que tienes que ir al baño antes de entrar en el cine y al salir de él porque la próstata, esa glándula del órgano reproductor con forma de castaña, ha ido creciendo a tus espaldas provocando un conflicto territorial en los bajos del cuerpo. Mi cuerpo había dejado de expresarse en su propio idioma. No lograba entenderlo, del mismo modo que un adolescente tampoco entiende la lengua en la que le habla el suyo.

Pensé en el feto: tan tranquilo, tan desnudo, tan cómodo, tan sumergido en un océano amniótico que posee el grado ideal de salinidad y temperatura. De súbito, se desata el terremoto provocado por las contracciones del útero. Y ahí tenemos al bebé, atrapado en los escombros orgánicos que hasta ayer constituían su hogar, buscando una salida a través del estrecho túnel de la vagina en cuyo final se ve una luz blanca muy parecida a la que describen los que han vuelto del más allá. ¿Vienen los bebés del más allá? El comienzo de la vida se parece mucho a sus postrimerías. Los dos, en cualquier caso, nos cogen a traición.

Hablemos brevemente de la pubertad. Se encuentra uno tan feliz, en el estado de latencia que precede al asalto masivo de las hormonas, seducido por sus padres, mimado por ellos, merendando pan con chocolate, cuando un tsunami corporal y anímico acaba de golpe con el peterpanismo en el que se vivía instalado. Te acuestas un lunes con el mismo cuerpo del domingo, el tuyo, y te levantas el martes con el de otro, cuando no con dos cabezas, aunque una de ellas invisible, como la mía. De modo que te extrañas de cuanto te rodea y de la longitud nueva de tus brazos.

Y así, de forma sucesiva, las distintas etapas de la existencia nos sorprenden descuidados, sin capacidad alguna de prepararnos para ellas. Hay, entre naufragio y naufragio, intervalos de paz, mesetas de tranquilidad en las que nos hacemos la ilusión de haber arribado al punto de destino, pero enseguida llega un divorcio, llega la muerte de los padres, llega una crisis económica, una hiperplasia de próstata, unas cataratas, un dolor de muelas, una gastritis crónica, yo qué sé, siempre llega un hundimiento nuevo sin manual de instrucciones con el que hacerle frente.

La vejez no es menos bromista, en fin, que las edades anteriores, pero se manifiesta de un modo menos lineal: no es raro que al comienzo de los setenta se encuentre uno, en determinados aspectos, mejor que al de los sesenta. Hay instantes de plenitud, de calma, de una serenidad desconocida, pero también de ansiedad, de agitación psíquica y desasosiego. La experiencia de los cambios sufridos con anterioridad no ayuda, porque este carece de recambio. Ignoramos en qué momento nos va a empezar a caer mal el gin-tonic de media tarde o la cena de los jueves con los viejos amigos, o el picante o la sal.

El caso es que se despierta uno inquieto, preocupado, sin que le duela nada, pero con una sensación como de cabeza flotante, con eso que denominamos acertadamente «niebla mental», una niebla mental de puré de guisantes, tan espesa que a las ideas les cuesta abrirse paso en medio de ella. Vas al médico, te toma la tensión y se horroriza.

—¡La tienes por las nubes! —exclama.

—Pero si yo siempre he sido de tensión baja —dices tú.

—Pero cambia con los años. Y hay que llevar cuidado. La llaman el asesino silencioso porque por lo general no da síntomas. Lo tuyo ha sido una suerte.

Otro día te levantas, te asomas a la ventana y le comentas a tu mujer:

—¡Qué oscuro está hoy!

—Pero si hace un sol espléndido —asegura ella.

Entonces vas al oftalmólogo (o a la oftalmóloga, que el genérico con frecuencia no alcanza) y resulta que tienes cataratas. Las padeces desde hace años, pero no te habías dado cuenta porque la pérdida de visión ha sido paulatina. Vivías instalado en un atardecer permanente y el día que te operan descubres de nuevo los tonos de la mañana del domingo.

Está, como decíamos, el asunto de la hiperplasia de próstata en los hombres o el del prolapso de vejiga en las mujeres, entre otras decadencias que aisladamente consideradas no son importantes, pero que hacen que te extrañes de tu cuerpo como el adolescente del suyo. En eso se parecen la adolescencia y la vejez, en la extrañeza de uno mismo y, por lo tanto, en la de lo que te rodea. Me vino a la memoria el comienzo de los diarios de vejez de John Cheever: «En la madurez hay misterio, hay confusión».

¿Acaso no podrían comenzar de este modo los de un adolescente?

En la adolescencia hay misterio, hay confusión.

No existe, que sepamos, una especialidad médica dedicada a la adolescencia, pero sí a la vejez: la geriatría. El problema era dar con un geriatra o una geriatra (de nuevo las insuficiencias del genérico), pues si bien es cierto que existía la especialidad, escaseaban los especialistas. Si eres viejo y tienes problemas de estómago, te derivan al de digestivo y, si respiratorios, al de pulmón y corazón. Y así de forma sucesiva. Nadie me había derivado todavía a un geriatra.

Busqué una geriatra y di con M. V., una mujer de treinta y cinco años, trabajadora de los servicios públicos de salud, con la que quedé en la cafetería del Hotel de las Letras, en la Gran Vía madrileña. Fue paciente conmigo, aunque se dio cuenta, pienso ahora, de que yo no sabía muy bien el modo de abordarla. Nuestra conversación se parecía a ratos a una consulta privada y a ratos a una entrevista convencional de carácter periodístico.

Dijo que había una forma de discriminación basada en la edad que implicaba no proporcionar a los adultos mayores los servicios médicos que necesitaban.

(Me llamó la atención el sintagma «adultos mayores» para referirse a los viejos. ¿Duele menos ser un «adulto mayor» que un viejo?).

Dijo que la geriatría observaba al paciente de un modo más holístico que el resto de las especialidades, aunque lamentó la escasez de geriatras en los sistemas públicos de salud.

Dijo que cuando atendían a un paciente tenían muy en cuenta la esfera mental.

—Nos interesa saber —añadió— cómo se encuentra desde el punto de vista cognitivo, si padece depresión o ansiedad o sufre algún trastorno afectivo.

Dijo que se preguntaban por el apoyo social con el que contaban los adultos mayores, cómo se manejaban en la vida diaria, si eran capaces de levantarse, de ducharse, cómo caminaban, si eran capaces de subir unas escaleras... Se refirió a las capacidades instrumentales: si podían cocinar, si controlaban el dinero o la medicación.

(Yo creía contar con apoyo social, tenía a punto mis capacidades cognitivas, o eso pensaba acerca de mí mismo, me duchaba, caminaba y subía sin dificultad las escaleras. En cuanto a aquello a lo que se refirió como «capacidades instrumentales», podía cocinar, y me gustaba mucho, pero jamás me manejé bien con el dinero o la medicación. El caso es que la escuchaba enumerar y enumerar y sentía que en cada enumeración latía una amenaza).

Dijo que en su hospital el servicio de gerontología era muy potente y que ella se dedicaba a la ortogeriatría.

—Veo a muchos pacientes con fractura de cadera —aclaró.

(Pensé cuánto tardaría yo en fracturarme la cadera; todos los «adultos mayores», creo, se la rompen tarde o temprano).

Dijo que había que hacer un seguimiento de la recuperación de esa cadera rota y que en eso se basaba también la geriatría: en intentar mantener la capacidad funcional y la calidad de vida del adulto mayor hasta el último momento.

(«Hasta el último momento», repetí interiormente).

M. V. no se limitaba a ser joven: respiraba juventud por los cuatro costados. Me dijo que tenía un hijo de tres años y que estaba embarazada de siete meses.

—Ya sé —le dije yo medio en broma, medio en serio— que para ser ornitólogo no es preciso ser pájaro, pero quizá uno esperaría que su geriatra fuera una persona mayor.

Se rio. Dijo que era un prejuicio, como si al enfermo de digestivo tuviera que atenderlo un médico con úlcera.

Dijo que ella estaba enamorada de su especialidad y que le encantaba el trato con los adultos mayores porque eran personas muy agradecidas.

Dijo que los adultos mayores estaban por lo general muy solos. Que las familias se despreocupaban. Que las redes sociales tendían a debilitarse.

Dijo que el edadismo, en nuestro mundo, estaba muy presente.

—Incluso en los hospitales se dan actitudes edadistas. En determinadas plantas de hospitalización, por ejemplo, no habituadas a la atención del adulto mayor, a los pacientes que se agitan por la noche porque tienen una demencia los ponen al final del pasillo para que no molesten.

—¿Y los atan? —pregunté con un nudo en la garganta.

—Se intenta no emplear contenciones —respondió—, pero a veces se usan porque se pueden hacer daño o arrancarse las sondas o las vías o quitarse el oxígeno, poniendo en riesgo sus vidas.

Yo intentaba no dar muestras de pánico ante aquel panorama futuro, pero un poco sí se me debía de notar porque me pareció que M. V. trataba de justificar con la expresión lo que decía con la boca.

—Pero hay ocasiones —añadió— en las que la contención mecánica se usa por comodidad, para que el paciente no moleste o para no tener que estar pendiente de él.

—Vaya —exclamé yo al tiempo de traducir mentalmente «contención mecánica» por «correas».

Dijo que otra práctica desatinada era la del uso de pañales en adultos mayores que eran continentes.

—Llegan al hospital —aclaró—, les ponen el pañal y les dicen: «Orínese en el pañal».

Y hasta aquí llegué, hasta el «orínese en el pañal», porque no me daba la angustia para más. Pensé que titularía el reportaje, si lograba escribirlo, de este modo: «Orínese en el pañal».

Dejé pasar unos días, repasé el material y me pareció insuficiente, de modo que contacté, para complementarlo, con otro experto que me recomendó una amiga: E. D., psiquiatra, además de geriatra. Se trataba, ahora, de observar la vejez desde la esfera mental.

Dijo que no había suficiente cantidad de geriatras.

Dijo que la geriatría ponía el foco en la autonomía del paciente.

Dijo que esto implicaba un cambio de paradigma.

—Ahora —añadió— describimos el grado de autonomía de la persona que ingresa en el hospital, pero no centramos aún la atención en la autonomía, sino en la enfermedad.

E. D. se refería a los médicos, humorísticamente, como «batas blancas»:

—Cuando un bata blanca te dice que lo que te ocurre se debe a que tienes setenta y siete o setenta y ocho años, te está invitando a resignarte, desde luego.

Dijo que todos los males del viejo (no decía «adulto mayor») se atribuían de manera automática a la edad. Que no se barajaba la posibilidad de que estuviese deprimido, por ejemplo.

Dijo que Simone de Beauvoir tenía un libro estupendo en el que afirmaba que la vejez no dejaba de ser un constructo.

—Cuando llega al hospital una persona de la que me dicen que tiene ochenta años, yo respondo que esa información me aporta muy poco.

—Pero al sistema se lo dice todo —afirmé yo.

Dijo que eso era lo que había que cambiar para tener en cuenta no tanto la enfermedad del paciente como su autonomía.

Dijo que la gente, cuando se jubila, se empieza a observar. Qué me pasa, se preguntan ante el más mínimo síntoma. De repente creen que caminan peor, aunque caminan igual que el día antes de jubilarse.

—En el contexto de la jubilación aparecen muchos cuadros clínicos.

—Pura psicosomática —apunté.

—¿Y qué no es psicosomática? —replicó él—. La medicina se ocupa de la parte del cuerpo más mecánica, orgánica, pero luego está cómo entiende cada uno su cuerpo, cómo se sitúa en el mundo frente a los otros, los momentos que pasa con los demás, el valor que da a sus relaciones, su papel dentro de la familia.

Dijo que, en la situación actual, con el octogenario, es todo muy contraintuitivo debido a la situación de diversificación familiar. Que el octogenario ve que sus hijos y nietos no pueden estar pendientes de él como él lo estuvo de sus padres o abuelos. Que no sabe muy bien cómo encajarse en esa situación y pierde el rol de persona mayor como garante del legado familiar, de las costumbres. Con la digitalización y el acceso a la información, con la llegada de los móviles, que ha cambiado el modo de relación de los hijos y los nietos, el viejo no sabe qué hacer. A lo mejor se sienta a la mesa y tiene un sitio físico, pero ¿cómo se relaciona? Carece de referentes porque antes la gente se relacionaba de otras formas. Que los cambios en los modos de comunicación han sido una bomba para los mayores.

—¿Qué papel se espera de ellos? —reflexionó.

—¿Y qué papel esperan de sí mismos? —apunté.

Dijo que uno no es uno mismo, sino que es uno mismo y lo que pasa a su alrededor.

Dijo que la hospitalización en personas mayores puede resultar perjudicial para su salud. Que se pueden deteriorar. Que no es raro que se les diga, por ejemplo: «Quédese usted en la cama, no se mueva por si le duele». Que después llegan a casa agotados, con pérdida de masa muscular, y se instalan en el sofá.

Dijo que sus pacientes solían ser personas mayores que habían pasado por varios médicos, cada uno de los cuales les había diagnosticado algo distinto, y que acudían a su consulta en busca de la doble visión que podía aportarles él en su condición de geriatra y psiquiatra.

Dijo que le encantaba su trabajo, pero que desde sus cuarenta y cuatro años no se imaginaba el tipo de viejo que sería él. Que ni se lo planteaba.

Le pregunté si le llegaban muchos cuadros de ansiedad y tristeza.

—Más de sentido de la vida —respondió—. Profesionales jubilados que se preguntan: «¿Y ahora qué?». No saben qué hacer, no saben situarse en la familia o se preguntan cómo les va a situar la familia, y el mundo en general, ahora que ya no son productivos. Se trata de conformar una historia de vida a partir de ahí, sobre todo para aquellas personas cuya vida estaba muy vinculada a su rol profesional.

—De repente —dije yo—, se produce una pérdida.

—Sí. Se apaga la luz —concluyó él.

Ocho

Cuando revisé el material obtenido de la gerontóloga y del psiquiatra especializado en viejos, me quedé un poco abatido por la pobreza de mis intervenciones. Los había escuchado con la parálisis propia del que atiende una profecía. A medida que hablaban, veía en sus palabras mi futuro: el de perder mi papel en la familia y en la sociedad, un futuro de mermas cognitivas, de orinarme en el pañal, de moverme entre el sofá y la cama, de romperme la cadera, del menoscabo de mi autonomía, de soledad, de rechazo por parte del sistema sanitario y del sistema económico, quizá de ser relegado, para no molestar, a la última cama del último pasillo del hospital, tal vez me someterían a la «contención mecánica» para que no me hiciera daño (como el dictador que suprime las libertades para salvar la libertad...). Todo iría a peor, todo serían déficits, el mundo sería ininteligible para mí y yo para el mundo, pero la luz, sin embargo, seguiría encendida.

¿Dónde había leído yo que había culturas en las que los viejos, lejos de producir rechazo, provocaban veneración?

Bendita eutanasia.

¿Acaso no había magia en la senilidad?

No parecía haberla, aunque yo, ingenuo de mí, la vislumbraba.

Empleo con reservas este término, magia, tan desgastado ya por la utilización espuria que vienen haciendo de él los herederos de toda la basura esotérica acumulada desde el ingreso del cosmos en la era de Acuario. Me gustaría que cuando se habla de un «suceso mágico» se tradujera por «suceso extraordinario». Y extraordinarios son aquellos sucesos de los que da cuenta la literatura infantil clásica desde hace siglos. La literatura fantástica.

¿Por qué invitamos a los niños a entrar en la lógica de mundos en los que se puede cruzar al otro lado del espejo para arrancarlos, apenas han dado un paso, de esa percepción extraordinaria de la realidad?

Acabemos con esto: no había nada mágico en el material sobre la vejez obtenido de los expertos (porque yo, evidentemente, no había sabido preguntarles). No obstante, como me había comprometido a ello, articulé la información y construí con ella un relato más o menos coherente que envié al periódico. La redactora jefa, que es sumamente cortés y hasta afectuosa, acusó recibo del texto y me dio las gracias por hacérselo llegar. Pero su mensaje me resultó algo frío.

No le ha gustado, cavilé.

Repasé el reportaje y a mí tampoco me gustó. Me había salido (insisto: más por culpa mía que por la de los entrevistados) una historia, como ya señalé, demasiado centrada en los aspectos biológicos de la vejez. Dejé que pasaran unos días y hablé con la redactora jefa por teléfono:

—No te gustó el reportaje sobre la vejez, ¿verdad? —disparé.

Hubo un silencio al otro lado.

—¿Estás ahí? —dije.

—Sí.

—¿Y qué?

—Bueno —admitió—, está muy bien, pero me pareció que te exponías poco y eso no es lo normal en ti.

Ahí estaba la clave: me había expuesto poco.

—No lo publiques —pedí.

Nueve

Renuncié de momento a la idea del reportaje y decidí dedicar mis energías a estas páginas que habían ido creciendo casi a mis espaldas. Habitualmente, cuando tengo un proyecto en marcha, releo de vez en cuando lo escrito como para coger el ritmo o la cadencia de la sintaxis, pero en esta ocasión decidí continuar a ciegas, sin mirar atrás, confiando en mi oído. Imaginé que las páginas ya escritas se habían ido ordenando alrededor del núcleo de una especie de rollo de papel higiénico cuya desenvoltura solo le estaría permitida al lector o a quien quisiera limpiarse el culo con ellas. Necesitaba ser un poco cruel conmigo porque la renuncia al reportaje había sido más racional que sentimental. En el fondo, esperaba hallar algo (un asunto, un tema) con lo que despedirme del periodismo al tiempo que el periodismo se despedía de mí (de nosotros, podríamos decir). Los periódicos tradicionales habían ido precipitándose hacia la irrelevancia desde la crisis de 2008, quizá antes, víctimas de un abaratamiento indigno multiplicado por las decisiones confusas, cuando no contradictorias, tomadas a lo largo del tortuoso proceso de la digitalización. Se me ocurrió entonces que tal vez me sería útil localizar, si aún vivía, a la mujer a la que en mi juventud había perdonado sus pecados. Hice memoria. Recordé, casi con lágrimas, el momento extraordinario de la absolución, que fue genuino, uno de los instantes más reales que se me han concedido (Dios me perdone), aunque entonces no fui consciente de ello, no del todo.

Durante los días posteriores a la absolución leí con avidez la prensa en busca de un suceso compatible con el crimen confesado por la mujer. No hallé ninguno, lo que me decepcionó y me alivió en la misma medida. Tal vez el marido no había llegado a morir, tal vez la asesina había recibido la protección de las autoridades franquistas, a una de cuyas familias, recuerdo que me dijo, pertenecía. Con el tiempo, el suceso se fue levantando de mi conciencia como se alza y difumina la niebla cuando aprieta el sol. A veces, no obstante, volvía a la memoria trufado de las tonalidades oníricas propias de lo vivido bajo los efectos del hachís.

De todos modos, telefoneé a Serafín, el policía infiltrado, y quedé un día con él a la caída de la tarde, que para mí era la hora del gin-tonic. Nos vimos en una cafetería de Eduardo Dato, cerca de Santa Engracia. El hombre acudió con la idea de que me interesaba su vida para hacer algo con ella. Todo el mundo quiere hacer algo con su vida: por lo general, monetizarla. Al poco de que nos sirvieran las copas (también él se apuntó, aunque con reparos, al gin-tonic), me preguntó cómo solían repartirse los derechos de autor en los libros escritos a cuatro manos. Iba desarreglado y tenía cara de haber pasado una mala noche, quizá un mal mes. Recordé que en nuestro encuentro anterior me había hablado de la quimioterapia. Quizá le sentaba mal, pero aguantaba el tipo.

—Ningún libro se escribe a cuatro manos —le dije.

—Bueno —rectificó—, me refiero a cuando uno cuenta su vida y el otro la escribe.

Estaba tan convencido de que el objetivo del encuentro era ese que me produjo algo de lástima decepcionarle (por otra parte, quizá la idea no fuera tan descabellada). Le di largas, tenía que desocuparme, le dije, de otros proyectos en marcha antes de considerar el suyo, y me apresté a pedirle un favor.

—Verás —le expliqué—, tengo una información según la cual, hace casi cincuenta años, en las postrimerías del franquismo, se cometió posiblemente un crimen en una casa no muy lejos de la plaza de la Luna. Pudo ocurrir en un área comprendida entre las zonas de la Gran Vía cercanas a Callao, la calle de San Bernardo o Preciados. Por ahí. No te puedo proporcionar más datos.

—¿Un crimen de qué características? —preguntó él.

—Involuntario, de carácter doméstico. Un hombre llega a su casa borracho a las cinco o las seis de la madrugada, intenta agredir, como en otras ocasiones, a su mujer embarazada, que lo espera despierta, y esta le da un golpe en la cabeza con un objeto duro. Según la información de que dispongo, la mujer, o el muerto, o los dos pertenecían a familias importantes del franquismo, por lo que consiguieron hacer pasar el crimen por un accidente o por una muerte natural.

—¿Este es uno de los asuntos de los que te tienes que desocupar antes de ocuparte del mío?

—Quizá —alegué.

—¿Puedes facilitarme alguna fecha aproximada?

—Aproximada no: exacta.

(¿Cómo olvidar la hora, el día y el año en que Alberto, mi hermano del alma, el informante, me había dejado tirado en medio de la vida para escribir seguramente una novela que jamás fue capaz de acometer?).

Le pasé al infiltrado un papel con los datos que me solicitaba, que tomó y leyó con expresión de condescendencia.

—¿Qué necesitas que averigüe?

—Si se llegó a cometer el crimen y, en caso afirmativo, qué sucedió después. Ignoro si hubo juicio, supongo que no, porque los periódicos de la época ni mencionaron el suceso. Necesito saber si hubo muerto y qué ocurrió con la asesina, pero, sobre todo, si continúa viva y dónde localizarla.

—No os cansáis de hurgar en el pasado —dijo.

—¿Puedes hacer algo o no? —pregunté.

—El asunto, si hubo asunto, debió de llevarlo la gente de la comisaría de Centro. Veré si queda alguien vivo y te cuento.

—Gracias.

—Pero prométeme que después hablaremos de lo mío.

—Lo tuyo, sí.

Debí de decirlo con algo de pereza, porque reaccionó enseguida.

—Si yo supiera escribir —dijo—, lo haría yo.

—Inténtalo y yo te lo corrijo.

—No, tienes que hacerlo tú porque tú has escrito mucho sobre los problemas de la identidad. Un infiltrado está haciendo siempre de otro, de modo que cuando vuelve a casa no sabe cómo ser él mismo. No está entrenado para ser él mismo. ¿Comprendes? Ese es el tema: que acaba siendo un intruso también en su propia vida.

—¿Y cómo es eso de ser otro de manera, digamos, profesional?

—Cuando te infiltras, eres otro. Eres tú, pero ese tú queda encerrado dentro del otro. Desde la jubilación, no me ha quedado más remedio que ser yo, pero soy un yo raro, un yo, cómo te diría, un poco artificial.

—Un yo protésico —le ayudé.

—Exacto, un yo protésico. Cuando me muera, mi mujer y mis hijas no tendrán ni idea de a quién lloran, y eso si me lloran.

Pedí un segundo gin-tonic y el primer trago me produjo un leve sentimiento de euforia. Serafín, que apenas había probado el suyo, estaba resultando ser un sujeto más complejo de lo que había pensado a primera vista.

—Empecé a ser otro desde el principio, desde que me dieron la placa —continuó—. Tenía esa habilidad de caer bien que nunca he sabido de dónde me viene. Hace años leí un libro sobre la comunicación no verbal donde decía que aquel que era capaz de dominarla podía vender el detergente que quisiera a quien le diera la gana.

Era cierto, tenía esa habilidad el tipo. Sabía acercarse y alejarse de uno, sabía cuándo tocar y cuándo no tocar, cuándo cogerte del brazo, cuándo pasarte la mano por el hombro, sabía abrazar y desabrazar. También, por lo visto, qué lecturas citar delante de mí. El asunto de la comunicación no verbal me había interesado en otro tiempo, aunque nunca llegué a profundizar en él. No había profundizado en nada de lo que me había interesado porque lo que me había interesado —lo comprendí como en un relámpago, mientras daba mi segundo sorbo a aquel gin-tonic tan cargado—, lo que me había interesado me había producido mucho miedo también. El caso es que aquel tipo, aquel infiltrado nato, podía venderte, si se lo propusiera, la Torre Eiffel. A mí estaba tratando de venderme su vida y yo estaba a punto de comprársela, pero obstaculizaba el acuerdo la circunstancia de que había, en el fondo de aquella simpatía natural, algo que me producía una profunda repugnancia: quizá el hecho de que se hubiera dedicado a vender personas por un precio superior al que las había comprado.

¿O simplemente por un sueldo?

Por un sueldo, en aquellos años, dábamos la vida. El sueldo, como idea, se ha devaluado muchísimo, pero hubo un tiempo en el que un sueldo lo era todo.

Quizá también lo que me daba repugnancia de ese sujeto tan cordial era aquello en lo que nos parecíamos, pues yo había vivido también dentro de otro, no sabría decir de quién. Me pregunté si esa astuta referencia a la cuestión de la identidad, que es, en efecto, nuclear en mi obra, había sido el resultado de un diseño o de un movimiento instintivo.

En todo caso, me pareció un buen tema para el diván (y quizá para un reportaje).

—¿Y cómo se reparten los derechos de autor en estos casos? —insistió Serafín, convencido quizá de que acababa de cerrar la venta de su vida.

—Pero ¿por qué ese interés en los derechos de autor? —pregunté.

—Tengo viuda e hijas.

—¿Cómo que tienes viuda? —reí.

—Casi viuda, yo sé lo que me digo. Repito: ¿cómo se reparten los derechos de autor en estos casos?

—¿En qué casos?

—En aquellos de los que hablábamos antes. Cuando uno cuenta su vida y otro la escribe.

—Depende de lo que se pacte previamente —dije.

—Pero lo lógico —arguyó— sería ir al cincuenta por ciento.

—Ya te digo que depende —insistí a modo de evasiva.

Como buen vendedor, sabía cuándo tirar del pez y cuándo darle sedal, de manera que decidió darme sedal.

—Está bien —concluyó—, ya te digo que si queda alguien vivo de aquella época, averiguaré lo que quieres. Lo arreglo en dos o tres llamadas.

Acabé mi gin-tonic (el suyo se quedó aguado y triste en el vaso), nos despedimos y yo volví a casa algo borracho, pero con el sentimiento de no haberme dejado enredar, sino de haber sido yo el que, por una vez, enredaba. Esa noche sonreí al meterme entre las sábanas.

Al día siguiente, en el diván, volví a hablar una vez más de Serafín y saqué el tema del otro.

—No es que yo no haya sido yo —dije buscando en las humedades del techo formas ligeramente humanas que me resultaran familiares—, sino que he sido un yo que parecía otro. De ahí mis dificultades para relacionarme con la gente, para hacer amigos.

—Yo diría —apuntó la psicoanalista—, basándome en numerosas afirmaciones suyas, que a usted no le ha interesado mucho la gente.

—No era que no me interesara, sino que renunciaba, o fingía renunciar, a lo que era incapaz de conquistar.

La terapeuta emitió un murmullo conclusivo. Algo se acababa de abrochar. A continuación, dijo:

—De acuerdo, afirma que usted era un yo que parecía otro. ¿Observado desde dónde parecía otro?

—Observado desde mí —aclaré y permanecí pensativo.

—Si era capaz de observar y de observarse desde usted, usted era dueño de un yo.

—Digamos que un yo ha sido dueño mío.

La psicoanalista rio. Estábamos cayendo en un galimatías. Pero lo cierto es que acababa de pronunciar involuntariamente la frase de mi vida: un yo equivocado había sido mi dueño.

Lo dejamos en ese punto y volví a casa sin saber muy bien quién regresaba a ella. Podía haber ahí algo de juego retórico, no lo niego, pero en el fondo de ese juego había también un charco oscuro lleno de sanguijuelas y demás anélidos chupadores de sangre. Me gusta este término: «anélido». Me pregunto qué significaría si le añadiéramos una hache intercalada: anhélido.

Diez

Decidí, entretanto, ponerme en contacto con Alberto, mi amigo, mi hermano, el informante, pues de lo que se trataba, según fui averiguando en las sesiones de terapia, era de cerrar círculos. Bajo la necesidad aparente de hallar un tema (o un asunto, no sé) para el último gran reportaje del periodismo de papel (y del papel que este periodismo había jugado en mi existencia) se ocultaba el afán de clausurar lo abierto en su transcurso. Recordé entonces que de pequeño llenaba obsesivamente de círculos los márgenes de los libros de texto. Y no solo los márgenes de los libros, sino las hojas de todos los cuadernos. Los dibujaba también sobre los cristales empañados de las ventanas, en invierno, y sobre la capa de harina que quedaba en la encimera de la cocina cuando mi madre hacía magdalenas; a veces, humedecía con el aliento una zona del espejo del cuarto de baño solo por calmar la necesidad de trazar un círculo sobre la mancha. Los dibujaba en el patio de tierra del colegio, con un palo, al modo en que los antiguos cristianos dibujaban un pez para reconocerse. Ya de mayor, mi rúbrica se convirtió en un círculo en el que quedaba encerrado mi apellido. Y todo ello, supongo, porque había oído decir a un profesor de Matemáticas al que admiraba que el círculo era una forma «divina, perfecta e infinita». Se me grabaron en la memoria estos tres términos porque yo mismo, intuitivamente, había comprendido antes de escucharlo que era así.

Años más tarde descubriría el simbolismo espiritual y religioso del círculo, reflejado en su armonía lineal y en su bondad platónica. De ahí sin duda los mandalas de las tradiciones budista e hindú, basados también en círculos que representan el universo y frente a los que habían fracasado mis prácticas de meditación trascendental. Meditaba aún de vez en cuando, sí, pero de manera chapucera. De todos modos, era cerrar los ojos en actitud contemplativa y ver desfilar por el interior de mi cabeza un catálogo de círculos semejantes a los que dibujaba en mi infancia. Algo, en mis orígenes, debió de quedar peligrosamente abierto. ¿Cómo explicar, si no, tal obsesión clausuradora? Detesto los finales abiertos y los caracteres abiertos y las puertas abiertas. Creo haber cerrado en mi vida más puertas, incluso más oportunidades, de las que he abierto, lo que no dice mucho de mí como escritor. Se lo comenté un día a mi psicoanalista:

—No sé por qué está tan bien visto esto de abrir puertas.

—Supongo que se refiere al sentido metafórico de la frase.

—Y al literal. Detesto a los personajes de las películas que entran en su casa o en una habitación y se dejan la puerta abierta.

—Bueno —dijo ella, reprimiendo un tono de impaciencia—, en el sentido real, ya hemos averiguado que las cierra porque tiene miedo a las corrientes de aire.

—¡Porque las corrientes de aire matan! —exclamé irritado.

—Vale, porque matan. Aceptémoslo. En cuanto al sentido figurado, ¿de verdad no se imagina lo que simboliza el hábito de cerrar puertas? —preguntó.

Me hundí en uno de aquellos silencios que constituían un modo de asentimiento rencoroso mientras buscaba obsesivamente círculos en el techo de aquella consulta desde cuyo diván, en posición supina, viajaba a las zonas más inaccesibles de la conciencia, de la conciencia del mundo y de la mía. Me calmaba encontrarlas, me sosegaba hallar círculos en la calle, en el campo, en las manchas de la cara de los ancianos que viajaban en el metro. Cuando escucho la palabra «cáncer», mis dedos cruzados buscan de inmediato un botón (circular, claro), de la chaqueta o de la camisa, para acariciarlo con piedad, en busca de piedad, quiero decir.

Cerrar puertas. Me vinieron a la memoria las dos que daban acceso al Banco Hispano Americano de mi barrio. Si no las hubiera abierto nunca, mi vida habría sido otra. ¿Qué otra? No lo sé. El caso es que, después de abiertas, no había logrado cerrarlas bien y la corriente de aire gélido que salía de ellas me mataba, de ahí la necesidad de encontrarme con Alberto, si aún vivía, para cerrarlas de una vez. ¿Se habrá escrito una historia de la puerta?, me pregunté.

Necesitaba ver a Alberto, tal vez darle un abrazo (los abrazos son inevitablemente circulares), y despedirme de él y de nosotros. Rematar otro mandala existencial, en fin. Cabía la posibilidad, desde luego, de que a él no le apeteciera el encuentro. ¿Y qué? ¿Resultaría humillante para mí que me enviara a la mierda? Recordé la respuesta de Dalí a la petición de Buñuel de que se reunieran, después de tantos años de enemistad, para tomar una copa: «Dile a Buñuel que ya no bebo», respondió el pintor cruel al emisario ingenuo.

Ya no bebo, podría responderme Alberto.

No obstante, averigüé que vivía y conseguí su correo (no era difícil) y estuve varios días dándole vueltas al mensaje que debía ponerle. En alguna de esas vueltas, dudé si insinuarle que me había enterado por casualidad de su condición de «informante» durante aquellos años que fueron sin duda los años por antonomasia de nuestras existencias, pero pensé que la mención de ese punto oscuro de su biografía podría molestarle y ahuyentarlo. Al final opté por algo sencillo, de modo que me senté frente al ordenador, abrí el correo y escribí: «Hola, Alberto, soy Juanjo Millás. Me gustaría que nos encontráramos por la mera cortesía de despedirnos antes de que nos resulte imposible hacerlo. Quizá nuestra historia de juventud se lo merece».

Tardé dos días en recibir la respuesta, que no era suya, sino de un nieto que al parecer vivía con él o que se ocupaba de él (resultaba ambiguo en este punto). Decía que su abuelo estaría encantado de recibir mi visita. A tal efecto, me citaba un día de la semana siguiente a las diez de la mañana (¿qué hora de quedar era esa?) en su casa de la calle Alberto Aguilera.

Tanto el hecho de que me respondiera a través de una tercera persona, su nieto, como el de que me citara en su casa (en su territorio) daban cuenta, pensé, de la superioridad moral o de clase con la que continuaba tratándome. El tiempo no había roto ese vínculo insano, lo que me hizo dudar acerca de si acudir o no a la cita. Si no acudía, utilizando mi silencio como única respuesta, quedaría yo por encima de él. Cerraría el círculo, pero mal, se notaría el punto de sutura, la cicatriz. Continuaría respirando yo por la herida de ese círculo mal cerrado.

De modo que acudí.

Me abrió la puerta de un magnífico ático su nieto, un joven de unos dieciocho o veinte años (quizá de veinticinco o treinta: me parecen niños todos los de menos de cuarenta), cuyo parecido físico con el joven Alberto me impresionó: durante unos instantes creí haber viajado al pasado. Tras presentarnos, me guio hasta una sala decorada con gusto y austeridad por la que se accedía a una terraza espaciosa que daba a la calle Alberto Aguilera y cuyas vistas no podían dejar de conmover a un corazón urbano como el mío. Bastaba girar la cabeza hacia la derecha, por otra parte, para apreciar el bullicio de la calle Princesa, que, dada su cercanía con Moncloa, y con la Complutense, por lo tanto, había constituido el decorado de nuestra época universitaria.

Nada parecía dispuesto para impresionar, pero impresionaba como lo hace la riqueza funcional o la inteligencia natural, aquella que flota en el ambiente sin que se haga ostentación de ella.

El nieto, también llamado Alberto, me propuso que nos acomodáramos allí mismo, pues la terraza estaba amueblada con un conjunto proporcionado de asientos de jardín forrados de almohadones de colores muy vivos y daba gusto recibir aquel sol preprimaveral (estábamos en los comienzos de marzo). Mientras aguardábamos la aparición del viejo amigo (del hermano imaginario, en realidad), del que entendí que se estaba duchando, operación en la que solía demorarse, su nieto me informó de que su abuelo acababa de salir de una depresión profunda que lo había tenido postrado, y casi a punto del suicidio, durante los últimos meses.

—Cuando murió mi abuela, hace ahora dos años —añadió—, pareció no enterarse. Se entregó a la viudez como a una especie de soltería, incluso hizo alguna locura impropia de su edad, pero pasado un tiempo comenzó a encontrarse mal de esto y de lo otro e iniciamos un desfile agotador de médicos, de análisis clínicos y pruebas de todo tipo hasta que le diagnosticaron una depresión severa que no cedía ante ningún medicamento. Hace poco, un psiquiatra nuevo le empezó a recetar paroxetina, que ha sido el único fármaco que le ha hecho algo. Perdona que hayamos quedado a esta hora tan rara, pero es cuando más despierto se encuentra. Su estado de ánimo empieza a decaer a primeras horas de la tarde, aunque resucita por la noche, cuando debería dormir.

—¿Qué es la paroxetina? —pregunté, dado mi interés por los remedios farmacéuticos.

—Bueno, no sé, tiene que ver con un neurotransmisor, la serotonina, me parece, que influye en el bienestar emocional y que cuando funciona, funciona, aunque a veces produce efectos secundarios a los que conviene permanecer atentos.

—Por ejemplo.

—En los casos más leves, somnolencia o insomnio y sequedad de boca. Mareos, a veces. Fatiga.

—¿Y en los más graves?

—Excepcionalmente, ideaciones de carácter suicida. Pero bueno, a él parece que le está yendo bien.

Hice un gesto de impotencia al tiempo de exclamar:

—¡Pues no sabía nada!

—¿Cómo ibas a saber? Ya me ha contado él que hace años que no sabéis nada el uno del otro. Bueno, él sí sabe de ti porque te sigue, lee desde siempre todo lo que escribes. Perdona, pero yo soy poco lector, no tengo ni idea de lo que haces.

—¿Y tú? ¿Qué es lo que haces tú? —pregunté por mera cortesía.

Pareció dudar antes de responder.

—Bueno, yo —dijo al fin— me dedico a la ciberseguridad.

—¿Ciberseguridad? ¿Y para quién trabajas?

—Para bancos, sobre todo para bancos.

Daba la impresión de no querer abundar en el tema (o en el asunto, no sé), de modo que él mismo cambió enseguida de asunto (o de tema, quizá). Me contó que sus padres vivían en París, ciudad que él detestaba, y que cuando su abuelo enfermó encontró la excusa perfecta para instalarse en Madrid.

—¿Vivís juntos entonces? —pregunté.

—Sí, yo tengo un apartamento en la calle Galileo, cerca de aquí, pero al final, como iba y venía cada poco, decidí trasladarme. A lo mejor alquilo el de Galileo. Mi abuelo y yo somos muy cómplices, tenemos caracteres parecidos o complementarios, vete a saber, nos entendemos bien y este piso es lo bastante grande como para llevar vidas independientes.

En esto, se manifestó el mismísimo Alberto. Tras darnos la mano y un abrazo incompleto por torpe o pudoroso, nos observamos de arriba abajo con algo de estupefacción, o de sorpresa, y yo fui el primero en mentir:

—Estás estupendo —afirmé.

En realidad, estaba exageradamente delgado y frágil, sin masa muscular apenas. Su esqueleto flotaba en el interior de unas prendas deportivas que lo mismo habrían servido para salir a correr que para meterse en la cama. Si el abrazo se hubiera completado (si el círculo se hubiera cerrado), su esqueleto se habría roto en el interior de esas prendas como una estructura de cristal.

—Tú sí que estás bien —dijo él—, aunque no me sorprende, te veo en todas partes. No paras.

Cuando tomamos asiento, el joven se retiró tras preguntarnos si queríamos tomar algo. Alberto pidió que bajara el toldo (le molestaba el sol directo) y un vaso de kombucha (siempre a la última, pensé). Yo, un té.

—¿Qué te ha parecido mi nieto? —preguntó.

—Bien, bien, y me recuerda a ti.

—Sí, cuando veo fotos mías de entonces, lo veo a él, ¡qué raro! Es un genio de la informática. Hace diabluras con el ordenador. De adolescente, estuvieron a punto de detenerlo por romper las barreras de seguridad de un par de empresas. Ahora trabaja para el lado bueno.

—Como nosotros —apunté.

—¡Ah, nosotros! Sí. Yo empecé siendo un arquitecto de vanguardia y acabé diseñando pisos de tres habitaciones y dos baños en urbanizaciones de la periferia, que es donde estaba el dinero grande. Tres habitaciones y dos baños: podría ser el título de una película del neorrealismo.

Nos miramos componiendo de forma simultánea una especie de gesto de resignación, de conformismo. Me resultó curiosa aquella confesión tan precipitada de su derrota profesional.

Al poco, apareció el nieto con las bebidas y callamos mientras las disponía sobre la mesa. Cuando desapareció, y tras el primer trago, Alberto volvió a hablar:

—En cuanto a ti —dijo con una sonrisa—, ya veo que te has entregado febrilmente a las novelas con argumento, que, no te ofendas, son la versión literaria de los pisos de tres habitaciones y dos baños de las urbanizaciones de la periferia. Las novelas con las que se gana el Planeta.

Ahí estaba el auténtico Alberto, el hijo de puta de Alberto, el informante. Fingí que me tomaba con humor la comparación entre mis novelas y sus edificios.

—Ya sabes lo que decía Robert Musil —me defendí—: que el argumento es la sombra de la novela como el dolor es la sombra de la enfermedad. Y no se puede vivir sin sombra. Ni sin dolor.

—¡Nada menos que Musil como coartada! —exclamó con una sonrisa—. Seguro que te lo acabas de inventar.

La conversación funcionaba a tirones, como un motor con problemas de combustión. Al preguntarle por su padre, me dijo que había muerto hacía quince años ya, pasados los noventa.

—Te apreciaba —dijo—. En cierto modo, eras para él como esos hijos bastardos que, sin haber tenido nada, salen mejor que los legítimos, que lo han tenido todo.

Me asombró que aludiera a mi bastardía imaginaria, de la que jamás le había hablado.

—¿Y eso? —pregunté disimulando mi sorpresa—. Apenas me conocía.

—Bueno, creo que solo os visteis una vez, en aquella comida de la casa de Alfonso XII, pero yo le hablaba muchísimo de ti. Por cierto, mi hermana murió también.

No tenía ni idea de que Alberto hubiera tenido una hermana.

—¿Tu hermana? —pregunté extrañado.

—Comió con nosotros también el día que te presenté a mi padre. ¿No recuerdas que era un poco..., un poco neurodivergente, diríamos ahora?

Sufrí unos instantes de vacío, como el que pierde pie, como aquel que olvida momentáneamente no quién es, sino qué hace allí donde se encuentra. No lograba recordar a aquella hermana, pero fingí hacerlo, aunque me pregunté, inquieto, si me hallaba ante uno de los primeros síntomas de algún tipo de deterioro cognitivo propio de la edad. Cuando me repuse del relámpago de ausencia mental, vi que Alberto continuaba hablando de muertos, ahora de los de nuestra época universitaria, con los que yo apenas había tenido contacto ni curiosidad por seguir sus vidas a través de las redes sociales, a las que, según pude apreciar, mi examigo era adicto.

—El mes pasado palmó Ángel, Ángel..., no me viene ahora el apellido. Un apellido vasco, me parece.

—No caigo —dije.

—Sí, hombre, fue delegado en Filosofía.

Fingí recordarlo para lanzarle el golpe que había dudado si dar o no dar:

—Ah, ya, el delegado... Por cierto, averigüé de casualidad que había sido un informante.

Esperaba que la mera mención del término «informante» hiciera palidecer a Alberto. Pero no.

—Quizá —asintió con una naturalidad sorprendente.

—¿Cómo que quizá? ¿No te extraña?

—Sería ingenuo pensar que no los había. En ocasiones, funcionan como un vínculo necesario entre el lado de allá y el lado de acá. Nunca se deben romper del todo los vínculos entre los dos lados.

—Pues yo me quedé de piedra cuando me enteré por un policía de la época que me paró en la calle. Nos tomamos un café. Fue lo que me dijo, que tenían informantes...

El rostro de Alberto permaneció impasible, como si el asunto no fuera con él, o como si estuviera preparado para el golpe. Bebió de su kombucha y luego, tras depositar de nuevo el vaso sobre la mesa, me observó con una mirada significativa antes de decir:

—A algunos gilipollas, perdona que te lo diga, les vinieron bien los informantes.

«A algunos gilipollas como tú». Esa era la frase que le habría gustado pronunciar y que pronunció en cierto modo, solo que evitando el «como tú», que no era necesario porque latía en el interior de la frase como uno de sus elementos elípticos.

Después de aquella suerte de declaración que me dejó sin palabras, y casi sin aliento, el encuentro estaba prácticamente consumado sin que se hubiera cerrado puerta alguna.

Abandoné el ático de Alberto con una sensación de derrota semejante a aquella con la que había abandonado, en un tiempo remoto, el piso de Alfonso XII donde había conocido a mi padre imaginario. Pero ahora, a aquella derrota se sumaba una suerte de niebla mental, de confusión ante los resultados del encuentro. No acababa de comprender su indiferencia ante la aparición de la figura del informante. Me parecía imposible, además, haber olvidado a aquella hermana «neurodivergente» a la que se había referido. Me producía una extrañeza sin límites también el hecho de que su padre hubiera pensado en mí como en su descendencia bastarda en coincidencia con lo que yo había imaginado de mí mismo con relación a él.

Hace unos meses, tuve una subida de tensión que me afectó neurológicamente, de modo que durante algo más de media hora, aunque sabía quién era, apenas era capaz de identificar lo que sucedía a mi alrededor. Con parecido sentimiento de caos mental bajé por Alberto Aguilera en dirección a Princesa para coger un taxi.

Al llegar a casa, busqué en internet un test de alzhéimer del que obtuve unos resultados normales. No obstante, pasé varios días medio ausente de todo, alejado de este manuscrito y hundido, en fin, en un desorden emocional muy perturbador. Luego, al decidir continuar su redacción para salir de aquel marasmo, y pese a mi promesa de no volver la vista atrás, tuve que releerlo de principio a fin porque no lograba hacer pie cuando avanzaba. Entonces, al llegar al capítulo de la comida en la calle de Alfonso XII y tropezar con la escena de la hermana retrasada de Alberto, caí en un abismo de oscuridad formado por los acantilados de mi propia memoria. Recordaba haber escrito aquella escena, en efecto, pero sin la presencia de la hermana, de la que no tenía noticia. Me levanté y fui de un lado a otro con la respiración entrecortada. Luego, como el encierro entre las cuatro paredes del estudio me asfixiaba, me puse una chaqueta y salí a la calle y me dirigí al parque que hay cerca de casa por el que doy mis paseos matinales. Era temprano, pues continúo madrugando mucho. Sobre el césped se tendía aún, como una mortaja, la sábana de niebla producida por la evaporación de la lámina de agua que recorre el estanque. Caminaba enloquecido desgarrando con mis pies aquel sudario de humedad que se levantaba a medida que calentaba el sol.

Entonces, de forma involuntaria, se fue uniendo en mi mente la línea de puntos del dibujo y tuve una revelación que me llenó de estupor: el nieto de Alberto, el experto en ciberseguridad que había trabajado en el lado malo y que ahora actuaba en el bueno, había hackeado mi ordenador, para que su abuelo entrara en mis textos y los leyera y pudiera añadir o quitar cosas a su antojo. Por eso estaba preparado para la posibilidad de que sacara a relucir su pasado de informante; por eso conocía mis fantasías de hijo bastardo de su padre y por eso, en mi original, aparecía un personaje nuevo, un personaje añadido por la mano de otro: la hermana «neurodivergente» (yo soy demasiado correcto: jamás la hubiera llamado «retrasada»), de la que yo no había oído hablar jamás.

Volví corriendo, con el pecho a punto de estallar por las palpitaciones, tal vez por la arritmia, pues estaba al borde del infarto, y telefoneé a la persona que llevaba el mantenimiento de mi equipo informático.

—Hola —le dije—, te quiero hacer una pregunta que no tiene nada que ver con la realidad. Es para una novela en la que estoy trabajando.

—Suéltalo —reclamó apresurándome, pues se trata de un hombre en permanente estado de ansiedad.

—¿Sería posible que un experto se introdujera a distancia en el ordenador de un escritor y le modificara, en parte, el argumento de una novela en la que ese escritor estuviera trabajando?

—Pues claro. Si se meten en los sistemas de las grandes empresas, ¿cómo no van a poder meterse en el tuyo?

—¿Es novelescamente verosímil entonces? —insistí.

—Novelescamente no sé, no escribo novelas, pero realmente claro que puede suceder.

Colgué, respiré hondo y permanecí atento a la recuperación lenta, aunque sostenida, de la normalidad motora de mis vísceras. La arritmia o las palpitaciones fueron sustituidas por la extraña paz que se respiraba en el parque después de que la luz del sol eliminara la sábana algo siniestra de aquellas nieblas matutinas.

Era evidente que Alberto no solo no me había querido ocultar su participación en la escritura de mi libro, sino que me lo había querido evidenciar con la información aportada sobre las actividades de su nieto. No le bastaba con construir casas de tres habitaciones y dos cuartos de baño, sino que pretendía intervenir también en la novela con argumento de un examigo.

Me sentía confuso, claro, pero en medio de esa confusión recordé un hecho que había venido negando a lo largo de los últimos meses y era que, en varias ocasiones, al revisar los artículos que tenía que enviar a los periódicos para los que trabajo, notaba ligeros cambios que no recordaba haber realizado, aunque no eran tan importantes como para preocuparme por su olvido: un adjetivo nuevo en este párrafo, un sustantivo más preciso en este otro. Por lo general, hablamos de transformaciones que mejoraban el texto original. Como suelo escribir de madrugada, a una hora en la que la frontera entre el sueño y la vigilia no está muy definida, debí de atribuir aquellas correcciones, que evidentemente procedían de la mano de Alberto, a aquellos estados propios de la semiinconsciencia.

Esa misma noche, a la hora a la que solía irme a la cama, en vez de acostarme, me planté ante el ordenador y esperé pacientemente a que sucediera algo. Cuando ya, pasadas las doce, empezaba a cabecear, la pantalla de la computadora se iluminó y advertí que el cursor se movía por su superficie manejado por una mano invisible. Vi cómo abría la carpeta en la que se hallaba este original y cómo alguien, a distancia, introducía correcciones en apariencia pequeñas, pero sustanciales: pertinentes, eso es lo que quiero decir. Pasada una media hora, el original regresó a su carpeta y cesó la actividad del cursor.

Mientras observaba el progreso de aquella escritura fantasma, mi respiración, sin que me diera cuenta, se había ido entrecortando, se había vuelto ansiosa. Tomaba más aire del que necesitaba, no sé, tuve una sensación repentina de vértigo y enseguida perdí el sentido. Por fortuna, me hallaba sentado en la silla de trabajo y me desplomé sobre la mesa. Desperté un tiempo indeterminado después con la sensación de reseteo con la que se vuelve de las lipotimias y, más tranquilo, volví a leer el texto de este original de arriba abajo. No siempre era capaz de distinguir dónde había intervenido la pluma de Alberto, pues había sido capaz de fundirse con mi estilo (¿o yo con el suyo?), pero sí advertí que, en general, se había centrado en crear o en acentuar las zonas reflexivas del relato. Se podría decir que había establecido una división del trabajo según la cual me dejaba a mí el desarrollo de la peripecia argumental para ocuparse él de los matices especulativos que podían deducirse de esta. Atenuaba, de este modo, los excesos del argumento al equilibrarlos con unas dosis de autoexamen de carácter intelectual.

No lo llamé para que dejara de meterse en mi vida. No lo denuncié, desde luego, por aquella intromisión en mi intimidad y en mi trabajo. No pedí al técnico de mantenimiento que revisara mi equipo para buscar el rastro de aquellas violaciones y ponerles fin con un antivirus más potente que el que venía utilizando.

No hice nada.

Durante días, y gracias también en parte a un consumo mayor del acostumbrado de ansiolíticos, permanecí tranquilo, casi indiferente al curso de los acontecimientos. Me dediqué a caminar horas y horas por el parque, a leer novelas que tenía atrasadas, y fui también al médico para hacerme un chequeo de rutina que llevaba tiempo retrasando y que arrojaría unos resultados más o menos normales (bajo en potasio). Trataba de no pensar acerca de lo que debía hacer o dejar de hacer.

Oculté los hechos en la primera sesión de análisis posterior al descubrimiento, pero decidí hablar de ellos en la segunda. Cuando terminé su relación pormenorizada, escuché detrás de mi cabeza lo que me pareció una respiración algo más profunda de lo normal.

—¿Impresionada? —pregunté.

La psicoanalista, a la que ya había hablado de Alberto en numerosas ocasiones, tardó unos instantes en responder.

—¿Y usted?

—Me interesa su opinión —dije.

—Creo que no, creo que la opinión que le interesa es la suya.

—¿La de Alberto?

—No, no, la de usted.

Pensé durante unos instantes buscando círculos y rostros en las sombras del techo.

—Bueno —dije al fin—, estamos ante un caso de intrusismo. Parece que, desde la reaparición de Serafín en mi vida, el tema del intruso tiende a imponerse. Yo mismo actúo ya como un intruso en mis propios textos.

—¿Cómo es eso?

—Releer para corregir constituye una de las formas de esta práctica. El que relee ya no es el mismo que el que escribió, ¿me sigue?, el que re-lee para corregir es un intruso.

—¿Usted lleva un intruso dentro?

La idea de estar ocupado por otro me sobre-cogió, aunque ya la habíamos tratado en diversas ocasiones.

—Llamémosle alter ego —dije—, suena me-nos inquietante. Todo el mundo tiene un alter ego.

—Pero el suyo ahora estaría fuera y tendría un nombre propio: Alberto.

—Quizá siempre estuvo fuera. No sé si se lo he comentado en alguna ocasión —continué—, creo que sí, pero fantaseo frecuentemente con la idea de que tuve un gemelo al que canibalicé en el útero de mi madre o que murió al nacer, no sé, y cuya ausencia ha provocado en mi vida un va-cío insoportable.

—Hemos hablado de eso, sí, pero siempre interpreté que se trataba de un juego literario, de un entretenimiento retórico producto de sus lec-turas, quizá de las experiencias de otros escritores o de personajes de novelas. El del gemelo canibalizado era un tema recurrente en la literatura.

—Tal vez hablaba de ello como de un juego para restarle gravedad. Pero iba más allá. Siempre sentí un vacío que en parte llenó Alberto y que en cierto modo nunca dejó de llenar, puesto que no ha habido un solo día, durante todos estos años en los que no nos hemos visto, que no haya pen-sado en él.

—¿Asunto resuelto entonces? —preguntó ella—. Alberto es su gemelo, incluso su siamés, y tiene derecho por tanto a meterse en sus escritos porque son también los suyos.

Me pareció que el tono de la terapeuta era irónico, como para hacerme ver que alguien abusaba de mí sin que yo fuera capaz de reaccionar ante aquella intrusión, pero aquellas palabras me hicieron caer en la cuenta de que, en efecto, Alberto me completaba a mí como yo, en cierto modo, lo completaba a él.

Aquel día abandoné la consulta con una sensación inusual de ligereza.

En cuanto a la hermana «neurodivergente» que, en caso de existir, tenían oculta por vergüenza o crueldad, Alberto le daba en mi libro un espacio que quizá no había sido capaz de darle en la vida atribuyéndome el deseo de casarme con ella para formar parte de la familia. No me parecía mal. También él necesitaba cerrar círculos.

Se había cerrado otro círculo. Mi libro no era mío, era de los dos.

Once

Me telefoneó Serafín, el policía infiltrado.

—Tengo noticias —dijo.

Quedamos a la caída de la tarde en la terraza de la misma cafetería de nuestro último encuentro. Dudó qué pedir. Por un lado, intentaba evitar el alcohol, o eso me pareció, aunque por otro se resistía a renunciar a él. Finalmente, tras una demorada negociación consigo mismo, se decidió por un vino blanco.

—Muy frío —se vio en la necesidad de puntualizar.

Lo noté hinchado, como cuando se toman medicamentos que promueven la retención de líquidos.

—¿Todo bien? —pregunté.

—Todo en orden —aseguró con firmeza.

Vestía pantalones grises, de los de raya, chaqueta azul y una camisa blanca, sin corbata. Reconocí en ese atuendo un criterio estándar que había sido durante muchos años, cuando yo trabajaba en la compañía Iberia, el mío. Un atuendo, se me ocurrió ahora, para pasar inadvertido no ya frente al mundo, sino frente a uno mismo.

Traía consigo dos carpetas azules, de las de gomas y cartón, antiguas y bastante manoseadas, con abundancia de vísceras en su interior e idénticas a aquellas en las que en mi casa se enterraban desde las facturas sin pagar hasta los certificados de nacimiento. Me sorprendió que la investigación que le había solicitado hubiera producido tanto material, por lo que las observé con asombro cuando las depositó a un lado de la mesa.

Serafín sonrió.

—No tienen nada que ver con lo tuyo. Luego te cuento.

—¿Y qué hay de lo mío?

—Lo averigüé todo, eso espero.

Se produjo por parte del policía un silencio táctico que me vi obligado a romper.

—Tú dirás.

—Bien, en la fecha que me facilitaste hubo un muerto en un piso (una mansión más bien) de la Gran Vía. Según un inspector de la comisaría de Centro con el que he podido hablar, y que entonces era muy joven, el interfecto presentaba en la cabeza un golpe que podía justificar por sí solo el fallecimiento, pero el forense que acudió antes de que levantaran el cadáver certificó deceso por infarto. Tanto el muerto como su mujer, de nombre Inés R. (nombre supuesto), entonces embarazada, pertenecían a familias importantes del régimen y por eso se echó tierra sobre el asunto. Ella, que no se volvió a casar, dio poco después a luz una hija que vive con la vieja en la misma casa en la que se produjeron los hechos. Han recibido ofertas millonarias para abandonarla porque todos los edificios de Gran Vía se están reconvirtiendo, si no se han reconvertido ya, en oficinas o en hoteles, pero se resisten, creo que porque la vieja va todos los días, en una silla de ruedas empujada por la hija, a la misa de siete de la tarde que se celebra en la iglesia de San Martín de Tours, allí al lado, en la plaza de Soledad Torres Acosta, popularmente conocida como de la Luna.

Serafín se echó hacia atrás, con expresión de deleite, resopló y tomó su copa, de la que bebió la misma porción de la que hubiera dado cuenta un jilguero, y luego, ante mi silencio, también táctico, hizo una pregunta que supuse irónica:

—¿Quieres que investigue quién fue san Martín de Tours?

—¿Eh?, no, no —repuse—. ¿Qué sabes de la hija de la vieja?

—Se casó, se separó y tras el divorcio volvió a vivir con su madre y con su hija, de doce o trece años, que a veces las acompaña a la iglesia. Tiene varias ferreterías, tres en Madrid, dos en Galicia y otras dos en Barcelona, pero las gestiona un primo suyo licenciado en Empresariales.

—Vale —concluí con expresión neutra.

—Me pregunto cómo te ha llegado la información de un crimen tan antiguo —dijo.

—Ni te lo imaginas —respondí.

—¿Y qué piensas hacer con ella? ¿Vendérsela al periódico? Es un asunto prescrito, pero desde luego tiene interés mediático.

Ahí había un reportaje, pensé. Lo había si estaba dispuesto a confesar públicamente mi participación en los hechos. Imaginé el gesto de horror de la redactora jefa mientras le relataba la historia.

—Por otra parte —añadió Serafín—, ¿por qué remover las cosas tantos años después? Destrozarías una familia, pues la hija y la nieta solo deben de conocer la versión oficial, la del infarto. Habría, además, que conseguir una autorización judicial para exhumar el cadáver a fin de comprobar lo del golpe en la cabeza... Mucho lío. ¡No seas buitre!

—No soy un buitre —dije algo ofendido—, no te apures.

Luego cogí una patata frita del cuenco que había puesto el camarero en el centro de la mesa y al morderla aprecié de una manera exagerada su crujido, aunque también su sabor a sal y aceite, como si mis sentidos hubieran adquirido una sensibilidad fuera de lo común. Tras dar un trago en el que, gracias a mi recién adquirida agudeza sensitiva, fui capaz de destrenzar los sabores del combinado, desvié la mirada hacia las carpetas con vísceras.

—¿Y esto? —pregunté.

—Esto es mi vida —dijo Serafín con gravedad—. Aquí están relatadas muchas de las operaciones de inteligencia en las que he participado a lo largo de mi carrera, la mayoría alteradas para que no se reconozca a los participantes. No se trata de que demuestres nada, sino de que noveles mi existencia. Los nombres y los lugares están cambiados por razones de seguridad, pero su sustancia es la que es. Tienes material para escribir una ficción de no ficción.

—¿Una ficción de no ficción? —pregunté extrañado de que Serafín utilizara esa terminología.

—Así es como las llamáis, ¿no? Aunque suena un poco contradictorio, como hablar de pacifismo militante.

Tomé las dos carpetas, las elevé un poco e hice el gesto de calcular su peso.

—¡Puf! —exclamé.

—Es lo que pesa una vida —se justificó.

—¿Lo que pesa en el sentido de apesadumbrar? —pregunté sin intención de resultar cáustico.

—Bueno, también en el sentido de apesadumbrar —admitió.

—¿Y todos los papeles son originales?

—Sí, todos, la mayoría de mi puño y letra.

—Pero yo no me puedo llevar tu vida a mi casa —argumenté para hacer tiempo—. Saca fotocopias y quedamos otro día.

—Es que yo no quiero mi vida dentro de la mía, la quiero fuera, lejos. Te he hecho un favor, tú me haces otro.

Permanecimos en silencio unos instantes. En la mesa de al lado un hombre muy mayor le explicaba a una mujer muy joven que los chinos sabían más de nosotros que nosotros mismos porque «todos llevábamos un chino dentro».

Serafín y yo intercambiamos una sonrisa.

—Voy a pedir otro gin-tonic —decidí.

—Y yo otro vino blanco —dijo señalando la copa que apenas había probado—. Este, con la conversación, se me ha quedado caliente.

—Me parece bien —asentí invadido por una sensación de anestesia lúcida, de bienestar consciente y de agudeza sensorial, el estado que suele preceder a las grandes neuralgias. Sentí que había venido al mundo para hacer algo grande (quizá para escribir un gran reportaje, sonreí para mis adentros), para hacer algo con la historia de aquella mujer a la que había confesado y absuelto casi cincuenta años antes. Hacer algo, ¿qué? Aún no lo sabía. Quizá acercarme a ella en plena calle e identificarme como el que había perdonado en otra época su crimen *in nomine Patris et Filii et Spiritus Sancti*. Cerrar un círculo, otro círculo. De eso se trataba, ¿no?, de cerrar círculos.

Acometí el primer trago del segundo gin-tonic con benevolencia, con liberalidad, como si hubiera comprendido al fin las Siete Leyes del Universo, que hasta ahora solo había sido capaz de enumerar igual que una letanía: la Ley del Mentalismo, porque todo es conciencia. La de la Vibración, porque todo se mueve. La de la Polaridad, porque todo tiene su opuesto. La del Ritmo, porque todo lo que asciende desciende...

Me faltaban tres que no lograba recordar, pero me dio lo mismo. Yo me encontraba en aquel instante en el periodo ascendente de la del Ritmo. Era capaz de percibir el compás de la vida, su latencia. Podía valorar el sonido del tráfico de la calle y distinguir el significado exacto de las palabras al tiempo de estimar el baile de los átomos de los que estaba constituida la realidad última de cada cosa.

—No te quiero engañar —dije dirigiéndome a Serafín—, es posible que lo que haya en estas carpetas no me interese en absoluto. O que no pueda ocuparme de ello hasta dentro de mucho tiempo. Ahora estoy en otra.

—Lo comprendo —dijo él—, estás en la historia de la mujer que mató a su marido hace casi cincuenta años. Pero bueno, si escribes algo de ella no tendrás más remedio que nombrarme, dada la información que te he facilitado. Y no es una cuestión de vanidad, créetelo.

—Me lo creo, pero de qué entonces.

—Quiero colarme en algo de lo que tú escribas porque te conozco bien, te he leído a fondo, y sé que en lo que digas de mí estaré por fin yo. Yo he estado siempre en otro sitio, he sido siempre otro, y eso, a la larga, fatiga.

—No me digas que has leído a Rimbaud.

—Y en francés, ¿qué te creías?

El mundo, me dije, estaba por descubrir, un policía que, además de llamarse Serafín, había leído a Rimbaud...

—Si me mencionas en tu próximo libro, y, si eres honrado, no tendrás más remedio, me gustaría aparecer como Serafín C.

—Y esa ce ¿a qué corresponde?

—A la inicial de un apellido, no te importa cuál.

¿Sería también Serafín un hijo bastardo, real o imaginario, de alguien?, me pregunté.

—Ya veremos —dije.

—Me conformo con eso y con que me dediques el libro. Podrías poner «A Serafín C.», y entre paréntesis añades: «Nombre supuesto». Para despistar.

—Vale, vale —concedí un poco en broma, un poco en serio, con expresión de generosidad—. A Serafín C., nombre supuesto.

Sonreímos los dos.

—Pero las carpetas estas llenas de vísceras te las llevas tú —añadí.

—No, no, te las llevas tú. Dales un destino literario.

Llegué a casa algo más tarde de lo previsto, un poco borracho, con las dos carpetas debajo del brazo, y le dije a mi mujer que me metía en la cama porque no me encontraba bien.

Y era cierto: no me encontraba bien, pero no era una neuralgia histórica, como había creído, era la gripe. Amanecí al día siguiente con fiebre y llamamos al médico, que recomendó el tratamiento sintomático habitual. Estuve cinco días en la cama, tres de ellos, en el valle de las sombras, no porque fuera a morirme, sino porque en lo peor de la fiebre me venían a la memoria obsesivamente las palabras del salmo 23, escrito por el rey David: «Aunque vaya por el valle de sombra de la muerte, no temeré nada porque Tú estarás conmigo».

Tú. ¿Qué Tú?

Me acordé de cuando creía en Dios, de cómo era la vida, mi vida, cuando creía en Dios. De lo mortificado que mantuve a mi cuerpo cuando creía en Dios. De lo cerca que estuve de la santidad cuando creía en Dios. De las relaciones que establecí con el sexo cuando creía en

Dios y cuando la cabeza invisible me dejaba en paz.

Me acordé del perdón. Del perdón no como un regalo, sino como una forma de liberación personal y como un acto transformador, rebelde, en la medida en la que solo valía la pena perdonar lo imperdonable.

El perdón como un acto de amor supremo, un acto de amor final, un acto de amor único porque en el perdón se reconoce en toda su extensión y profundidad al otro. Y porque el perdón de lo imperdonable rompe la lógica menesterosa en la que se desenvuelve la existencia de los seres humanos.

El perdón era un acto tan extraordinario, en fin, tan desacostumbrado que solo Dios era capaz de darlo. Yo se lo había otorgado en su nombre a aquella mujer, Inés R. (nombre supuesto), sin saber muy bien lo que hacía, en un estado de embriaguez que en cierto modo lo convertía en una burla del acto sublime de perdonar.

Me arrepentí de ello y al arrepentirme en busca de un perdón que Dios ya no me podía proporcionar, puesto que no creía en él, y los hombres tampoco porque los hombres eran (somos) mezquinos, me vino a la memoria la historia de Noé cuando después del diluvio se dedicó a la agricultura y plantó una viña cuyas uvas transformó en un licor inesperado con el que se emborrachó porque no sabía lo que era el vino ni lo que era el éxtasis, si la embriaguez alcohólica tiene algo de eso, de éxtasis. El caso es que se desnudó dentro de su tienda y su hijo Cam lo descubrió y se lo contó a sus hermanos Sem y Jafet, que entraron en la tienda de espaldas y lo cubrieron respetuosamente, tratando de no reparar en su desnudez. Lo cubrieron como aquel que perdona, pensé en medio de la fiebre redentora provocada por algo tan vulgar como la gripe.

¿Quién cubriría mi desnudez, la desnudez moral que había presidido mi existencia? ¿Quién me cubriría a mí si ni siquiera sé, en el momento de escribir estas líneas evocadoras de aquellos días de fiebre y arrepentimiento, si las escribo yo o las está escribiendo Alberto, mi gemelo asimétrico, mi hipócrita lector, mi semejante, mi hermano?

Salí de la gripe, podríamos decir, reseteado. Renacido, quiero decir, y débil, muy muy débil, como un ternero recién alumbrado. El primer día que pisé la calle, me fui al centro y me aposté sobre las seis y media de la tarde cerca del portal de Inés R., la asesina de su marido. Diez minutos más tarde vi salir de aquel portal a una mujer mayor, ella, sin duda, en una silla de ruedas que empujaba otra más joven, a las que seguía una niña adolescente o casi. La asesina, la hija y la nieta. Tres generaciones con un pecado original: el asesinato del marido, del padre y del abuelo, del que las dos últimas no eran conscientes.

Las seguí sin saber qué hacer hasta la iglesia de la plaza de la Luna, la iglesia de San Martín de Tours, en cuya penumbra se desvanecieron hasta que yo mismo penetré como un grumo en la misma oscuridad. La mujer joven colocó la silla de ruedas en el pasillo, pegada al banco en el que tomaron asiento ella y su hija. La misa acababa de comenzar y el sacerdote se movía como en un sueño a un lado y otro del altar. Tuve la impresión de que regresaba la fiebre, no una fiebre alta, no mucha calentura, quizá unas décimas, las que le extrañan a uno de la realidad, las que le ponen en una situación mental semejante, supuse, a la de los astronautas de la estación espacial que al mirar el mundo desde allá arriba y al verlo tan hermoso y tan frágil se preguntan cómo es posible que ahí abajo continúen matándose unos a otros.

Tomé asiento al lado de la niña, que se hallaba junto a la madre, y durante un rato seguí los movimientos de la liturgia religiosa. Ignoraba aún qué hacía allí, qué esperaba reparar en aquel encuentro.

Me pregunté qué era lo que estaba roto.

Entonces descubrí el confesionario que yo había profanado hacía tantos años y vi que su interior estaba ocupado y me acerqué inadvertidamente a él, sin darme cuenta, esto es lo que quiero decir, que me acerqué a él sin darme cuenta de que me acercaba y me arrodillé en uno de sus laterales, donde se arrodillan las mujeres, para evitar exponer mi rostro al sacerdote.

—Ave María Purísima —dije.

—Sin pecado concebida —respondió la sombra del otro lado, cuyo aliento llegaba a mis sentidos a través de la celosía. Olía a vino. El sacerdote, pensé, había dicho misa o se había tomado un trago antes de sentarse a perdonar. O era otro impostor, otro intruso, igual que yo.

Me acusé de haber ocupado aquel lugar del perdón hacía cuarenta y ocho o cincuenta años, en medio de una borrachera. Le conté que la mujer a la que había perdonado se encontraba allí mismo, en una silla de ruedas, y que posiblemente la conocía porque frecuentaba la iglesia, le pedí, le rogué más bien, que la perdonara él de verdad el primer día que se acercara a confesarse, pues lo haría sin duda en aquel mismo confesionario porque todo el mundo regresa al lugar del crimen.

—Perdónela sin hacer mención a su pasado, claro está.

El cura me escuchaba aturdido, supuse, con la clase de aturdimiento con el que yo, o quizá Alberto, escribimos ahora estas líneas. Era muy improbable que hubiera tropezado con un penitente semejante en toda su carrera de perdonador. Tal vez se estuviera preguntando cómo gestionar aquella extraña confesión. El caso es que terminé mi acto de contrición pidiéndole que me perdonara a mí también en el nombre de Dios, de su Dios, el Dios de Caín, de Abraham, de Noé, de Cam, de Sem y de Jafet.

—Pero usted —acertó a decir— no es creyente. ¿O sí?

—¿Qué más le da que crea o no? Usted perdóneme para que cierre un círculo, para que me vaya en paz, para clausurar ya de una vez esta historia.

No sé si sinceramente, o por miedo al loco que imaginó que se encontraba al otro lado, pronunció las palabras mágicas para las que yo habría vivido de no haber colgado en su día los hábitos y que tanto consuelo encuentro en repetir:

—*Ego te absolvo a peccatis tuis in nomine Patris et Filii et Spiritus Sancti.*

Volví a mi banco, a mi lugar, junto a la nieta de Inés, junto a su madre y su abuela, como si me hubiera descargado de un fardo insoportable, el fardo entero de toda una vida de imperfección, de desconcierto, de no haber sido capaz de averiguar para qué había venido a un mundo por el que no había hecho nada que mereciera la pena, pues había vivido realmente como un necio (¿quién estaría poniendo esto de «necio», Alberto o yo?).

Estuve a punto de comulgar, puesto que acababa de confesarme, pero me pareció un sacrilegio que no me atreví a perpetrar. En cambio, vi cómo la hija de Inés R., tras decirle a la niña que no se moviera de allí y lanzarme una mirada de complicidad, como pidiéndome que la vigilara unos instantes, abandonaba el banco y se dirigía, empujando la silla de ruedas de la asesina perdonada, hacia donde hacían cola los comulgantes.

Enseguida, volvieron con el cuerpo y la sangre de Cristo dentro de sus propios cuerpos y recordé con una nostalgia estremecedora cuando yo mismo regresaba del altar hacia mi banco con la sugestión de llevar dentro a Dios, de llevar dentro a Dios, de llevarlo dentro.

Cuando la liturgia religiosa llegaba a su fin y el oficiante pidió que nos diéramos la paz, yo me volví y estreché la mano de la hija de Inés R. y la de la niña, que la había levantado en un gesto inocente, en un gesto como de puro juego. La anciana, pobre, me quedaba algo lejos, pero intercambiamos una mirada solidaria.

Todo está consumado, pensé al salir de la iglesia con aquellas décimas de fiebre que me extrañaban sutilmente del tráfico de la Gran Vía, de las personas que entraban y salían con bolsas de los establecimientos cercanos, que me extrañaban de mí mismo y aumentaban el significado de mi existencia, en el caso de que tuviera o hubiera tenido alguno. Eran las mismas décimas de fiebre con las que en un tiempo remoto había acometido por primera vez la lectura de *Anna Karénina*, las décimas con las que me había enfrentado a aquella primera frase fundacional: «Todas las familias felices se parecen, las desdichadas lo son cada una a su manera».

Aquella frase que me había obligado a abandonar el libro a un lado de la cama en la que yacía víctima de una casi tuberculosis adolescente.

«Todas las familias felices se parecen, las desdichadas lo son cada una a su manera».

¿Sería yo capaz de escribir algún día una oración gramatical de ese calibre, una oración que contuviera aquella cantidad de contrarios, una oración en la que cupieran la Ley del Mentalismo y la de la Vibración y la de la Polaridad y el resto de las leyes enumeradas hacía ya casi tres mil años por aquella otra divinidad intelectual, Hermes Trismegisto, de la que en otro tiempo fui también devoto?

¿Sería la literatura, esa práctica tan antigua como la humanidad, una variante religiosa cuyo uso garantizara la salvación en el sentido más cristiano del término? ¿Me compensaría la escritura de haber dejado de creer en Dios? ¿Había dejado, al tiempo de dejar de creer en Dios, de creer en mí? ¿Había sido presidida mi existencia por una forma atroz de descreimiento irreparable? ¿Me había, pese a todo, salvado?

¿Y habría en todas esas mierdas material para un buen reportaje?

Doce

Mi nieta descubrió el ataúd del Ratoncito Pérez con el cadáver dentro. Normalmente, le dejo hurgar en mis cajones porque disfruta mucho con los objetos sin clasificar que voy acumulando en ellos. Soy dueño de un «objetario» indisciplinado, perfecto para combatir las tediosas horas de los domingos por la tarde.

—¿Qué es esto? —me preguntó, mostrándome el ataúd abierto.

—¿Eso? —dudé—. Eso es el Ratoncito Pérez.

Mi nieta tiene quince años, de modo que ya no cree en el Ratoncito Pérez. De todas maneras, le conté la historia que me había relatado el dentista. Le dije, en fin, que al Ratoncito Pérez lo había matado sin querer un compañero mío del colegio al que le faltaba una oreja. Vacilé sobre si incluir o no este detalle, el de la oreja, pero decidí que sí, que redondeaba la historia al añadirle un grado extraño de verosimilitud.

—Y por eso —concluí— los padres tomaron su lugar.

Mi nieta observó al Ratoncito y me observó a mí. Luego se rio. Dijo:

—¿Y tu amigo del colegio se hizo dentista, como el Ratoncito Pérez?

—¿Quién te ha dicho que el Ratoncito Pérez era dentista?

—Bueno, recogía dientes, ¿no?

Me pareció un ejercicio asociativo excelente para su edad.

—No se me había ocurrido —reconocí.

Mi nieta metió el dedo índice con algo de repugnancia en la cajita de metal y acarició la piel del ratón al tiempo de decir:

—Estás loco, abu.

—Bueno, tú no les digas nada de esto a tus padres.

—Vale, pero estás loco.

—¿Lo quieres? —pregunté.

—¿Esto, que si quiero esto? ¿Para qué?

—Se lo podrías regalar por Reyes a tu hermano —dije.

Su hermano estaba a punto de dejar de creer en todo, en el Ratoncito Pérez y en los Magos de Oriente. Me pareció que el hecho de que los Reyes le dejaran el cadáver del Ratoncito podría ser un modo de matar dos pájaros de un tiro. Lo dije por decir, claro, pero ella me siguió la broma asegurando que le parecía una buena idea.

—Me lo quedo —decidió.

—Lo he dicho de broma —aclaré.

—Pero es una buena broma, una broma de humor negro.

Hacía poco la había ayudado a hacer un trabajo para el colegio sobre el humor negro. Me llenó de satisfacción comprobar que lo había entendido, pero le dije que no, que el Ratoncito se quedaba en mi casa.

—Déjamelo a mí —insistió—. No se lo contaré a nadie y un día, cuando sea viejecita como tú, se lo pasaré a uno de mis nietos después de contarle la historia de Pascual, el dentista.

La idea me pareció sugestiva. El cadáver momificado del Ratoncito Pérez atravesando, como un hilo conductor, la vida de quienes habían creído en él.

—Me has convencido —le dije—, pero que no lo vean tus padres.

—Vale —concluyó guardándose el ataúd en un bolsillo.

Al poco, recibí en el móvil un mensaje de wasap por el que se me anunciaba que Serafín había fallecido. Se trataba, por el tono, de un mensaje estándar, remitido a la lista de contactos del móvil del policía infiltrado. Aunque en nuestro último encuentro me pareció que estaba mal, no imaginé un desenlace tan rápido. Acudí al tanatorio porque albergaba algunos remordimientos respecto al trato que había dado a sus carpetas azules, que continuaban sin abrir.

Al poco de entrar, me reconoció una de sus hijas, que me preguntó, extrañada, si había conocido a su padre.

—Pues sí —respondí.

—¡Qué suerte! —ironizó ella—. Nosotras no.

Por «nosotras» se refería a su madre y a su otra hermana, que enseguida vinieron a saludarme también.

Me vi obligado a confesarles que Serafín me había contactado en los últimos tiempos para proponerme que escribiera algo sobre su vida.

—¿Es usted entonces a quien le llevó las carpetas azules con todos los secretos de Estado?

Advertí, por la expresión de las hijas, que la locución «secretos de Estado» era sarcástica y me di cuenta de que no había sido un hombre muy querido.

—He venido por eso —se me ocurrió añadir entonces—, para que me digan dónde quieren que se las envíe, están sin abrir.

—Quédeselas usted, o tírelas a la basura —se apresuró la viuda—, no creo que contengan una sola verdad ni sobre su vida ni sobre la de su familia.

Enseguida, se vieron obligadas a atender a otras visitas y se despidieron dándome las gracias por haber acudido. Serafín, pensé, y si era cierto cuanto me había relatado, había conseguido meterse en todas partes menos en su propia existencia.

La viuda y las hijas me invitaron a poner algo en el libro de firmas antes de irme. Me quedé bloqueado unos instantes, con el bolígrafo en la mano. Finalmente escribí: «Acompaño a la familia en su dolor».

Era mentira, claro, porque no podía acompañar a la familia en un dolor que esa familia no sentía, pero gran parte de las relaciones sociales se tejen sobre supuestos que no son. Lo que no es ocupa en la existencia de los seres humanos más espacio que lo que es.

En fin.

Pasé por el bar de las instalaciones mortuorias para tomar algo que me ayudara a reponerme de la situación vivida antes de regresar a casa. En la barra, cerca de mí, un hombre apuraba una copa de coñac mientras se asombraba, frente a quienes me parecieron sus hijos, de lo preciso del refrán según el cual «nadie se muere la víspera».

—Es diabólicamente matemático —decía—. Nadie se muere el día antes de su muerte. Ni siquiera es posible morir unas horas antes de morir.

—Ni nadie merienda antes de merendar, papá. No le des más vueltas —apuntó uno de los hijos.

—Ni nadie llega a su casa antes de llegar a su casa —remachó otro, el más joven.

—Pero algunos se van antes de haber salido —añadió la única hija.

Tras esta intervención, el presunto viudo y los vástagos se hundieron en un silencio incómodo.

Pensé que, si aquella era una conversación típica de tanatorio, quizá ahí, en esa cafetería, había un reportaje. Tendría que volver otro día para comprobarlo.

Las carpetas azules de Serafín constituyen ahora una de las joyas más preciadas de mi «objetario». Hallé a través de internet una empresa que se dedicaba a encapsular en metacrilato o cristal joyas, ramos de novia, peluches, incluso cenizas de seres queridos para conservarlas como recuerdo. Elegí el cristal, aunque era más caro que el metacrilato, y pedí que dieran a la cápsula una forma que evocara la de un ataúd semejante al de la bella durmiente del cuento. El resultado fue tan espectacular que las personas que pasan por mi despacho se interesan, sin excepción, por el objeto, incluso he recibido dos o tres ofertas de compra. Pero yo siempre digo que esas carpetas ajadas, llenas de vísceras, que duermen en el interior del cristal como un insecto en el interior de una bola de ámbar hallarán un día, no sé cuándo, quizá dentro de tres o cuatro generaciones, un príncipe intelectual que rompa el ataúd y las bese para despertarlas de su largo sueño. Quizá entonces todo ese material que albergan esté más vivo que ahora.

Trece

Entretanto, Alberto, que siempre había estado en mi cabeza, seguía haciendo incursiones en su sucursal: mi ordenador.

Bastaron unas pocas noches de guardia para averiguar cuándo entraba a reescribir mi libro (¿o debería decir ya *nuestro* libro?). Entre las doce y la una de la madrugada, siempre entre las doce y la una, cuando la paroxetina, supuse, provocaba el insomnio, el cursor comenzaba a moverse misteriosamente por la pantalla activado a distancia por mi hermano imaginario. Yo contemplaba con asombro su ir y venir de un archivo a otro, primero abriendo las carpetas de mis últimos artículos periodísticos para quitar y poner adjetivos o suprimir oraciones de relativo que habían estado más al servicio del ritmo que del sentido. Sus intervenciones resultaban oportunas, tanto como si se le hubieran ocurrido a una versión fantástica de mí en la que yo hubiera sido inteligente. Pero estaban trenzadas de tal forma con mi propia escritura que deseché enseguida la idea de publicar estas páginas utilizando la cursiva para las intervenciones de Alberto al objeto de distinguirlas de las mías. No había modo de hallar la frontera entre ambas.

Catorce

—¿Recuerda el encuentro que tuvimos en el supermercado, cuando la sorprendí con un calabacín grande en la mano?

—Claro —respondió mi psicoanalista.

—Pues bien, tuve una fantasía muy desagradable con aquel calabacín y con usted.

—¿Qué clase de fantasía?

—No entraré en detalles porque me da vergüenza. El caso es que sentí que no era mía, que aquella fantasía no pertenecía a mi cabeza. Y que por lo tanto había sido víctima de alguna forma de intrusismo.

—¿Quién podría dedicarse a introducir en su cabeza fantasías o ideas que no le pertenecen?

Me pareció que su pregunta contenía una alusión implícita a mis pulsiones paranoicas, por lo que aventuré una respuesta estándar:

—El mundo —dije.

—¿El mundo así, en general? Tengo la impresión de que vuelve una y otra vez a estos asuntos más por razones retóricas que por auténtico convencimiento. Hace tiempo que usted ya no se cree realmente estas cosas. ¿Por qué se empeña en repetirlas?

—Porque no dejo de preguntarme si he tenido la oportunidad de ser yo.

—¿Y en qué habría consistido esa oportunidad, la de que usted hubiera sido usted?

—No sabría decírselo. Pero he vivido siempre con la aspiración fracasada de conquistar una personalidad distinta de la que me posee.

—A lo mejor, su forma de ser yo sería esa: la de aspirar a algo que solo es capaz de cumplir en parte o imaginariamente. Quizá esa sea la manera de ser yo de todo el mundo. Aquello a lo que se refiere como intruso refleja partes de usted que se niega a reconocer. Desde esta perspectiva, el intruso le completa en la medida en la que revela algo que está ahí, pero que ha evitado integrar. El intruso, en general, nos obliga a enfrentarnos a lo que no controlamos, a lo inesperado. El intruso viene a romper el orden establecido. La disonancia que genera nos obliga a crecer, a expandir los límites de nuestra identidad. Podríamos decir que el intruso nos pone en contacto con nuestra sombra, que es la zona de nosotros que reprimimos o negamos. El intruso no llena un hueco, pero puede actuar como un catalizador que nos ayude a descubrir lo que ya somos, aunque no hemos tenido el coraje de aceptar. Se trata de una invitación incómoda, pero necesaria.

—Y cuando el intruso es un usurpador, ¿qué?

—Eso es lo que yo le pregunto: ¿qué?

—Cuando el intruso se mete en mi novela...

—Si es verdad que han hackeado su ordenador, debería denunciarlo. A menos que se beneficie de esas intromisiones.

Advertí que no me creía, pero, lejos de intentar convencerla, decidí dar marcha atrás.

—De todos modos —dije—. Yo no me hice escritor por un deseo propio, sino por complacer, como usted sabe, a un padre que ni siquiera era mi padre real, por un padre que solo existía en mi imaginación. ¿No es eso un malentendido formidable?

—No necesariamente. El deseo es por definición deseo de otro, es decir, del intruso que viene a desestabilizar nuestra vida a la manera en la que el padre rompe la relación simbiótica entre la madre y el bebé permitiendo a este abrirse al mundo. La cuestión es si logramos hacer nuestro o no ese deseo. ¿Acaso usted no lo ha logrado?

—No sé, creo que habría preferido ser un intérprete de los textos sagrados, un monje de clausura, un místico.

—¿Y de dónde le viene ese deseo frustrado?

—Ni idea, pero me viene.

—En alguna ocasión, ha mencionado que su padre, me refiero ahora al real, no al imaginario, era un gran lector de la Biblia.

—Sí, yo le veía enfrascado en aquella lectura y tenía envidia del libro. Quería ser ese libro. Quería ser un libro grande. A veces, me pregunto si la suma de las páginas de todos mis libros llegaría a igualar el número de páginas de la Biblia. Ni de lejos.

—Ahí tiene de dónde podrían venirle esas aspiraciones místicas, aunque me temo que ya lo sabía. Me obliga a repetir las cosas por pasar el tiempo. Y bien, en alguna medida, ha cumplido usted con los dos: se ha hecho escritor, según el deseo que atribuye a su padre imaginario, y ha competido, al menos en el número de páginas escritas, con el libro preferido de su padre real. Todo en orden, pues.

—Pero ¿logré hacer míos esos deseos?

—Le convendría averiguarlo, pero no será aquí.

—¿Me está usted expulsando?

—Le estoy diciendo que tenemos que pactar su alta.

—¿Estoy curado, pues?

—No sé lo que significa para usted eso de estar curado. Pero creo que hemos llegado hasta donde podíamos llegar.

—¿Hasta donde yo era capaz de llegar, quiere decir?

—Hasta donde éramos capaces de llegar los dos.

—Pero la cuestión del intruso ha entrado hace poco en nuestras conversaciones, con la aparición de Serafín, el policía infiltrado.

—¡Por Dios!, usted no ha hablado de otra cosa, aunque con otras palabras, desde el principio de su análisis. ¿No recuerda que en la primera sesión ya salió a relucir la cabeza invisible?

—Pues a mí —insistí, terco— me parece un tema o un asunto completamente nuevo.

La psicoanalista rio detrás de mí.

—¿Qué le hace gracia? —pregunté.

—¿Usted qué cree?

Permanecimos unos minutos en un silencio que rompí yo, porque yo había venido al mundo a romper todos los silencios:

—Me echa así, sin más.

—Sin más no. He dicho que vamos a pactarlo, que es lo que acordamos al principio de esta aventura analítica. Podemos dedicar las siguientes sesiones a establecer ese acuerdo. Pero en la convicción de que estamos cerrando el círculo.

—¿Ha dicho cerrando el círculo?

—Sí, y me parece que eso tiene un significado importante para usted.

—Vale, déjelo. Estaba pensando en otra cosa.

—¿En qué?

—Le daba vueltas a cómo relacionar el tema del intruso y del usurpador con la lucha de clases.

La terapeuta rio de nuevo. Luego dijo:

—Tenemos que dejarlo, ya es la hora.

De manera, pensé de vuelta a casa, que primero el padre de Alberto (y el mío alternativo) y más tarde el mismo Alberto (mi hermano imaginario) me habían empujado a ser lo que era. Pero en lo que era continuaba expresándose un agujero existencial no diría que insoportable, puesto que había sobrevivido a él tantos años, pero sí incómodo. Un agujero incómodo.

—Ese agujero —imaginé que decía mi psicoanalista— nos recuerda que somos seres en construcción, siempre incompletos. Pero es esa incompletud y el deseo de resolverla lo que nos empuja precisamente a vivir. El agujero no desaparece porque no es ese su papel. El agujero constituye un espacio de potencialidad, de misterio, de ahí que sea también el espacio de la creatividad. Se lo he oído decir a usted públicamente muchas veces: «Se escribe desde el conflicto».

Me dio risa lo fácil que me resultaba imitar la voz de mi psicoanalista. Su voz había devenido también una voz intrusa en mi existencia. Quizá estábamos hechos de voces de esa naturaleza, de voces que venían de fuera, de voces que empezaban a colonizarnos desde el primer día de nuestra llegada al mundo y que completaban su conquista cuando lograban convertirnos en personas normales. De ahí el miedo, pensé, que siempre he manifestado hacia la gente normal.

Ese día, aunque no suelo hacerlo, estaba tan exhausto que me eché a dormir la siesta. En mi experiencia, los sueños de la siesta son pegajosos, húmedos, se levanta uno de ella más cansado y más *otro* de lo que se acostó. Quizá era lo que necesitaba, no lo sé, pero lo cierto es que ya en la cama, y una vez adquirida la postura fetal, hice un repaso de cuanto había escrito en este libro por ver si era capaz de calcular cuánto le debía al intruso y se me ocurrió por un momento la posibilidad de que, del mismo modo que había dado a luz aquella fantasía fundacional (la de que era hijo del director de la sucursal del Banco Hispano Americano de mi barrio, y por lo tanto el hermano oculto y negado de Alberto), de esa manera sutil, yo mismo (significara lo que significara «yo mismo») hubiera construido también aquella hermana retrasada o neurodivergente de Alberto a la que había asegurado no recordar cuando la hallé entre las páginas de este volumen. Si no era capaz de separar lo que había escrito Alberto de lo que había escrito yo, ¿cómo estar seguro de que la hermana no había sido el resultado de una intervención mía? ¿Y por qué retrasada, por qué neurodivergente? Quizá porque un retrasado o neurodivergente como yo no se creía capaz de unirse a una neuronormal, digamos, sino a una neurodisidente o neurodiscordante, incluso, ya puestos, a una neurohostil. Si entraba a formar parte real de aquella familia, tenía que ser por la puerta de atrás.

La puerta de atrás. Mi puerta. La puerta de servicio.

Epílogo

En esto, me telefoneó la redactora jefa del periódico.

—¿Has pensado ya en algún tema para el reportaje?

—Aún no —le dije—. Todavía no. Pero sigo en ello.

Este libro se terminó
de imprimir en
Casarrubuelos, Madrid,
en el mes de
abril de 2025

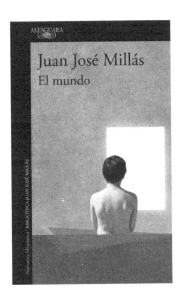

La novela más personal de Juan José Millás, ganadora del
Premio Nacional de Narrativa y del Premio Planeta

«Guarda en sus páginas verdades sobrecogedoras, auténticas
y emocionantes sobre el poder de las palabras».
Jesús Ruiz Mantilla, *El País*

«Millás es uno de los escritores con más verdad por
centímetro cuadrado de página».
Antonio Iturbe, *Qué Leer*

«El mejor Millás».
Soledad Puértolas

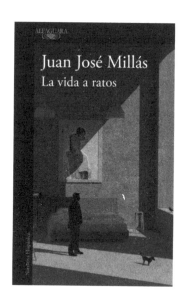

El diario divertido y surrealista de un neurótico brillante

«Millás se aprovecha de la actualidad para contarnos la vida, para expresar su perplejidad, que es la nuestra, ante el discurrir del mundo».
Fernando Delgado, *La Opinión*

«Es maravilloso. Es un diario libérrimo. Regala momentos memorables».
Pepa Fernández, *No es un día cualquiera* (RNE)

«Millás en estado puro. Millás sin disfraz, en los puros huesos».
El Cultural de *El Mundo*

Un delirio de amor recorre la ciudad. Y bajo lo aparente, asoma lo extraordinario

«Una pirueta, un salto mortal del acróbata Juan José Millás [...]. Y sin red».
MANUEL LLORENTE, *La Esfera (El Mundo)*

«Salvaje y carnal. Todo impresiona en este vuelo oscuramente iridiscente y cautivador».
Publishers Weekly

«Magistral. Una inquietante fantasía en la estela de Kafka».
Library Journal

Una historia sobre la imaginación y el poder transformador de la literatura

«[*Solo humo*] es un estupendo salto mortal
que le ha salido redondo».
JUAN MARQUÉS, *La Lectura (El Mundo)*

«Los protagonistas se desdoblan y se observan actuar. [...]
Puro y gozoso Millás».
ASCENSIÓN RIVAS, *El Cultural*

«Estamos dentro y fuera, somos lectores
y personajes a la vez».
J. A. MASOLIVER RÓDENAS, *La Vanguardia*